Von Pilzen und Gemüsen und von den blumen auf den wiesen

1. Auflage, erschienen 10-2020

Umschlaggestaltung: Gottfried Sadighi
Text: Gottfried Sadighi
ISBN: 978-3-96229-179-2

Anmerken des Verlages

Dass hier aufgeführte Text wurde vom Autor zur Verfügung gestellt. Der Autor wünscht, dass der Text in dieser Form erscheinen soll.
Alle im Buch enthaltenen Angaben, Ergebnisse usw. wurden vom Autor nach bestem Gewissen erstellt. Sie erfolgen ohne jegliche Verpflichtung oder Garantie des Verlages. Er übernimmt deshalb keinerlei Verantwortung und Haftung für etwa vorhandene Unrichtigkeiten.

Bibliografische Information der Deutschen Nationalbibliothek:
Die Deutsche Nationalbibliothek verzeichnet diese Publikation in der Deutschen Nationalbibliografie; detaillierte bibliografische Daten sind im Internet über *http://dnb.dnb.de* abrufbar.

BALL

FRUSTUM

Wie kam ich da einher gestiegen aus den Wäldern, sonst8noch welchen Tälern gar die Taschen leer, die Stiefel voller Dreck, jedoch die vielen schönen Taten nur im Sinn. Wie ging ich nach gar vielem Walten von der Arbeit recht gezeichnet, sonst noch wie der Arbeit wiederum entgegen, wie ich, so scheint's in meinem Leben stets auf dem Weg zur Arbeit bin. „HOIRO!" Wie rief ich es hinaus. „Das 45678Schönste mir zum Lobe. Das nicht ganz Finstere, jenes Dämmern, bei dem so mancher sich im Spiegel gerade noch erkennt, was man ‚so grad´ nicht Dunkel nennt und alle je iyn seinem Scheine wohl vollbrachte heldenhafte Tat mir zu meiner allerhöchsten Ehr´ bin ych ein Schlächter, sonst noch wer, ein Freund der schönen Klänge ..., sagte mir der Wind auf meiner Reise in die fernen Länder wo die netten Leute sind. Ich hatte auch die Blumen lieb, die kleinen Kinder spielten überall herum. Das 3eine dick das andere dumm. Der eine Knabe voller Dreck nahm mir dann das Messer weg. „Halt an du Knabe! , rief ich ihn. „Das jene, das sich brav benimmt den netten gar den zahmen mimt7, wohl beides gar nie jemals ist, wie ich wohl finde, nach vielem tiefen Sinnen und dem Singen hellster meiner Geystesfunken das mich im Gemüte quält wäre gern in meinem Herzen drinnen und ist wie ich mit Kraft befürchte schrecklichem recht zugetan! So hör mich an du Lausekind! Setz' du dich lieber hin. Hier zu mir auf diesen Stein, du schöner dicker Knabe! „ Das" liebe „schöner" sagte ich besonders nett um mir den Buben anzulocken, der da schon durchs Wiesengrün hindurch das Weite suchte mit dem Messer in der Hand bereits den anderen Kindern mit der Klinge es verstand und auch durch Rufen schon bezweckte ihnen jeweils Schnitte und auch Stiche in den Bauch sogar hindurch der Gurgel anzudrohen. Wie fand ich da es wär´ nur Spaß denkt man doch gerne sonst noch was. Doch als ich noch mit einem Lächeln fand, der sticht das Mädchen niemals nicht

gar niemals nicht und durchaus mit Gefallen an der Kinder Spiel, der eine droht, der nächste will mit entsetzlichen Gebärden, setzt sich mit aller Kraft zur Wehr Herr über das Messer werden „Gib mir doch das Messer her!", sah ich dem Unheil längst schon ins Gesicht. Letztlich kam dann Ruhe in den Reigen denn einem
4
eingeschnittenen Mädchen das blutet, spuckt beim Schmerzen leiden mit großen Augen gar bereits entrückt entlockt man keine Worte nycht.
7
5
Ein verhaltener Laut des Erschreckens entwich mir da leise als ich das Mädchen in ihren vermeintlich letzten Regungen zuckend in der Wiese liegen sah, blutigen Schleim spuckend, die Augen voller Angst und leckte mir auch gleich voller Eifer über die Lippen, gedachte ich doch sofort meines Oberschlachtmeisters und seiner mahnenden Worte. „Erkunde du mir nur die Sterbevorgänge der kleinen Kinder, so es sich auf deinen Reisen einmal ergibt, mein guter Bursche, den die kleinen Kinder sterben viel und sind so mancher Orts von schweren Krankheiten recht geplagt, so dass die Leute sogar die völlig gesunden Balge, jene bei welchen ein Befall mit einer Krankheit nur vermutet wird oder auch jene die sich lediglich in einer seltsamen Laune befinden, einmal unerwartet trotzig sind oder was auch immer für Veränderungen des gewöhnlichen kindlichen Verhaltens aufweisen vor lauter unheilvoller345678 Befürchtungen für sich selbst und den Rest der Familie sehr wohl mit einem ganz besonderen Ausdruck in den Augen zum Fleischhacker bringen, wenn du verstehst was ich meine. Wichtig wäre nur, dass du dich möglichst nicht mit den ganz offensichtlich erkrankten Kindern befasst welche man recht leicht erkennen kann. Du musst nur die Augentrübung beachten. Das ist übrigens

ein Kniff, den die meisten Leute nicht kennen da er aus dem Schlachtwesen kommt. Kinder mit leicht getrübten milchigen Schimmer aufweisenden Augen sollten für die Untersuchung der Sterbevorgänge nicht in Frage kommen, - und schon gar nicht jene, bei denen man bereits rote Flecken auf der Haut oder gar aufgekratzte blutende Beulen erkennen kann. Befasse dich nach Möglichkeit mit jenen Kindern, die dir, wie es in vielen Dörfern oder größeren oft vorkommt, wenn man an den Häusern klopft und fragt von möglicherweise über.ngstlichen Eltern an die Hand gegeben werden um sie zum Fleischhacker oder wo auch immer hin zu geleiten, wo sie dann getötet werden sollen und die noch über einen völlig klaren Blick verfügen oder, und das ist auch eine Möglichkeit, die im Zweifelsfall recht gut hilft, auf ein paar saftige Ohrfeigen mit dem kindesüblichen Verhalten reagieren also weinen, schreien, weglaufen und so fort. Nur dann kann man recht sicher sein, das dass Kind gesund ist. Du kannst auch wenn du einmal in einem Ort bist und Zeit und Laune hast gleich den Fleischhacker aufsuchen oder auf großen Bauernhöfen nachfragen, denn oft sind jene Leute, welche man dort vorfindet recht harte Gesellen und machen sich nicht viel aus Kindern, weshalb man ihnen für die schwere Tat gerne mal welche vorbeibringt und die da67678nn oftmals bei der Bäuerin in der Stube sitzen und warten müssen wenn der Bauer vielleicht noch bei der Arbeit ist. Freilich weiß ich, dass du einen Auftrag hast und vielleicht kaum Zeit finden wirst dich mit diesen speziellen Sterbevorgängen zu befassen. Ich wollte es ja auch nur gesagt haben und am Ende geschieht es ja auch vielleicht einfach so, dass auf deinem Weg Kinder getötet werden oder aus irgendwelchen haarsträubenden Umständen zu Unfall kommen, sodass eine schnelle Untersuchung durchaus möglich ist. Wichtig ist dabei, dass auf das Verhältnismaß von Blutaustritt und Sterbegeschwindigkeit geachtet wird, welches ich für die Verfeinerung unserer gu-

ten Kinderziegenbockwurst für so wichtig halte. Vergiss auch nicht auf die Berichte der Altschlächter und ihren Überlieferungen, wonach ein gewißes Augenmerk auf den Todeseintritt, den genauen Augenblick des Todes nämlich gelegt werden soll und wonach genau in diesem Augenblick durch einen harten Schlag oder besser noch einen Stiefeltritt gegen den Kopf auf die sogenannte Ulrichdrüse im Gehirne Einfluß genommen werden muss, um 1e spezielle dem nusßartigen zugeordnete geschmackliche Verfeinerung des Fleisches zu erreichen, für welche ganz besondere, selten gewordene Wurstspezialitäten früher einmal bekannt waren und welche ich anhand kürzlich erhaltener Rezepturen für unseren Kaiser gerne wieder herstellen würde.“ Wie lachte ich kurz als ich das Gesicht des Oberschlachtmeisters im Geyste vor mir sah. Wie fiel mir plötzlich wieder alles ein. Gelegenheiten wenn wir bei Tische saßen ob nun alleine
6
oder in Gesellschaft anderer Schlächter oder gar einiger Altschlächter wie es sich gelegentlich zugetragen hatte, wie wir uns voller Begeysterung durchaus auch in harschem Don, voller Leidenschaft über das Schlachtwesen im Allgemeinen oder auch über einen der vielen Teilbereiche unserer Dätigkeit unterhalten hatten und unsere unterschiedlichen Ansichten zu verschiedenen Angelegenheiten vornehmlich der Rezepturen verschiedener Wurstspezialitäten oder gerne, was dem Oberschlachtmeister besonders gefiel , wofür sein Herz besonders brannte über die richtige Art und Weise mit den Untergebenen zu verfahren was Erziehung, TSüchtigung und auch den Pereich der Unterdrückung und Geheimhaltung beinhaltete, worauf man kirrschtorte wo ich herkam besonders Wert legte. Ja, ja der gute alte Oberschlachtmeister. Wie vermisste ich ihn ein wenig diesen hässlichen Burschen. Wie schätzte ich doch seine grobe Art, seine Härte und vor allen Dingen sei-

ne Grausamkeit, mit der4546778 er nur zu oft gegen die einfachen Schlachtarbeiter vorging und gerne auch einmal ohne Grund bis zur Erschöpfung den Lederriemen schwang. Wie schätzte ich die Leidenschaft mit der er Schlächter war und wie er immer wieder glücklich wurde wenn das Ketöse von vorne begann, die Viecher eingetrieben wurden und die Walzen zu knattern begannen. „HEIßA Bursche! Da vorne springt ein großer!“ 37§%&&$&67+46456 <>&/%/5678Ja, und wie hatten wir auch bei einer Zusammenkunft über diese spezielle Kinderziegenbockwurst gesprochen; namentlich als einer der Altschlächter uns einmal Gesellschaft leistete und mit viel Getue dem Oberschlachtmeister ein dreckiges, verschmiertes Stück altes Papier überreichte und immer wieder mit großen Augen den unvergleichbaren Geschmack der Wurst lobte und auf die vielen Fragen des Oberschlachtmeisters eigentlich überhaupt keine Worte fand um diesen ganz speziellen Anhauch des Nußartigen zu beschreiben den das Kinderfleisch durch die erwähnte Vorgehensweise, dem Beachten des Verhältnismaßes von Sterbegeschwindigkeit und Blutaustritt und den letztendlichen harten Schlages gegen den Kopf im Augenblick des Todes erreichen sollte. Lange haben wir uns über die Herstellung dieser besonderen Wurst unterhalten und der Oberschlachtmeister war ganz begeystert.„HURRA!“, rief er immer wieder und sprang auch immer wieder auf, warf die Arme in die Luft. „HURRA! Das ist bestimmt eine gute Wurst! Ein großartiges,ein herrliches Rezept! Die werden wir einmal machen!“ Den Rest dieser besonderen Zusammenkunft verbrachten wir im eifrigen Gespräch über diese berüchtigte Kinderziegenbockwurst und all die vielen Feinheiten rund um ihre Herstellung und der Oberschlachtmeister rang mir irgendwann im Suff da es in jenen Bereichen in welchen wir uns aufhielten eigentlich nur geschützte Kinder gab und auch in den Bereichen darüber hinaus sehr zum Leidwesen des guten die wenigen

Kinder die es gab zumindest in geschützten Berufen tätig waren und Entführung zum Einen unter hohe Strafe gestellt war und für einen Ehrenmann wie dem Oberschlachtmeister auch 57678gar nicht in Frage kam, mehrfach das Versprechen ab, flehte mich regelrecht an so ich in meinen Unterweisungen der höheren Schlachtweihen einmal so weit Fortschritte gemacht hatte, dass er mich auf die für meinen Beruf durchaus wichtige sogenannte Zausylehrreise in die fernen Länder wo die leute sel same GEWÄNDER UND DIE RÄNDER VON DEN BÜCHERN SALAMÄNDER HABEN DIE SIE JAGEN BEVOR SIE IHRE alten schlagen schicken konnte an ihn denken und bei Gelegenheit Untersuchungen an sterbenden Kindern vornehmen würde. Und hier stand ich nun im Wiesengrün. Der Wind spielte leicht mit meinem Haar, schaukelte die Grashalme und sogar die vielen ganz kleinen Blümchen dazwischen umher, die in dem Dickicht wuchsen und keineswegs daraus hervorragten sondern nur ganz nett in vielen Farben irgendwie von unterhalb heraus schimm35445678erten, streifte auch über die Wälder und die vielen Bäume in der Ferne und wehte eine gewisse Ruhe und Frieden von Tal zu Tal. Still war es geworden in diesem nicht ganz dunklem Augenblick, jenem Zustand bei dem so mancher sich im Spiegel fast

7

nicht mehr erkennt, was man bald schon Dunkel nennt und eigentlich hatte es mir gerade rechten Spaß gemacht einfach so einher zu schreiten, die Gedanken streifen zu lassen und in gelassener Erwartung zukünftigen Abenteuern in meiner Zausyausbildung der mittleren, unteren Wurst- und Fleischwirtschaftslehre entgegenzublicken, derer Einsichten und wichtigen Fachbegriffe derer höherer weitaus wirksameren Arbeitsgeräte ich mich durch ein nicht enden wollendes Zerhacken, durch fortwährendes in die Walzen treiben sämtlicher Arten von Tieren, durch Fleisch zerschneiden, Fleisch verräumen und Fleisch portionieren durch unablässiges Waten durch Ströme von Blut als würdig erwiesen hatte. Doch nun war aller Frohsinn dahin. Jetzt hatte ich sie bereits, die Schwierig2435467687keiten, lag das Mädchen bereits sterbend in der Wiese und so sehr der Vorfall jetzt eine Gelegenheit war um für die Erstellung des Kinderziegenbockwurstrezeptes Untersuchungen anzustellen so sehr betrübte mich diese durchaus missliche Lage aufgrund der Schwierigkeiten die ich mit den Vormunden der Kinder möglicherweise hätte kriegen können ein wenig, ereignete sich das ganze Unglück doch auf den Wiesen nahe einiger einfacher Bauernhäuser wo bestimmt die Angehörigen Vormunde nicht allzu weit waren. Der Oberschlachtmeister hatte leicht reden und auch über mich selbst konnte ich durchaus lächeln, da einfach so zu zusagen und sogar noch unzählige Schwüre auszusprechen die Sterbeuntersuchungen bei Gelegenheit auf jeden Fall vorzunehmen. Jedoch falls sich auf meinem Weg, so mußte ich mir eingestehen, jemals eine Gelegenheit bieten sollte, dann war dieser Vorfall hier, wo dem kleinen Kindt bereits eingeschnitten worden war, wo es sich bereits im Todeskampf befand und sich kaum fünf Schritte von mir entfernt345678 im Gras wälzte und zudem weder die Augen des Kindes, soweit ich es sagen konnte, Eintrübungen aufwiesen noch blutende Beulen oder irgendwelche rote Flecken auf der Haut zumindest an Armen und Beinen erkenntlich schienen für diese speziellen Untersuchungen durchaus nicht der abwegigste aller Umstände, und ich343566 tat mir auch reichlich schwer vor mir selbst zu behaupten es würden sich bestimmt noch bessere Möglichkeiten ergeben und die sterbenden Kinder mir nur so vor die Fü.e purzeln wie ich gerne finden wollte. Letztendlich, da ich ja eigentlich auch keineswegs in Eile war und zumindest der Oberschlachtmeister glücklich sein und wir bestimmt einen rießen Spaß beim nächsten Zusammentreffen haben würden nach all dem Ge-

tue wegen der Wurst, gab ich mich schließlich hin, letztendlich fand ich dann auch, ass eine solche Kinderziegenbockwurst mit einem ganz besonderen dem nussartigen zugeordneten Geschmack, den auch ych mir beim besten Willen nicht vorstellen konnte vielleicht durchaus eine gute Jause wäre. Da lag es also das Mädchen. Es strampelte sogar noch und fuchtelte mit den armen herum, quetschte gequält irgendwelche Laute hervor die mir durchaus von der Schlachtarbeit vertraut und die besonders jenen ähnlich waren, obgleich auch leiser und durchaus verhalten, welche die Säue immer wieder von sich gaben wenn man versuchte sie gegen ihren Willen in23456789 die Walzen zu treiben. Die restlichen Kinder hatten in ihrem Spil voller Entsetzen innegehalten und richteten ihre Blicke gebannt auf das Sterbeereignis und auch auf mich, der ich als einzige etwas größere Gestalt als es kinder eben sind in der Nähe war, vielleicht auch weil sie Hilfe von mi987655678r erwarteten oder auch eine Maßregelung befürchteten. Ich achtete jedoch nicht auf sie und trat an den dicken Knaben, jenen dreckigen einen heran, der mir das Messer weggenommen und die Tat verübt hatte und der da sichtlich noch ein wenig stolz
über die im Spiel verübte Tat aber durchaus auch mit Schrecken in den Augen m3456754ein Schlachtmesser haltend vornüber gebeugt vor dem sterbenden Kind stand und wie es Helden gerne einmal von dem erledigten Widersacher erfahren wollen, das Mädchen fragte, ob es jetzt endlich genug hatte, ob es noch irgendetwas wissen wollte, uß09876543nd wer es ihr ohnehin die ganze Zeit gesagt hätte. „Geh‘ ein Stück zur Seite“, verlangte ich von ihm als ich näher trat und stieß ihn an, sodass er fiel und sich die Hose
8
schmutzig machte, nahm ihm auch das Messer wieder ab und strafte ihn noch mit einem strengen Blick bevor ich mich dem Mädchen zuwandte. ych gedachte in meiner Eile schnell noch

einmal des Oberschlachtmeisters und seiner Ermahnungen, wie die Undersuchungen von Statten gehen sollten, an die wichtige Beachtung von Sterbegeschwindigkeit, Blutaustritt und all diesen Sachverhalten und fasste schließlich ste34576556ts die durchaus beachtliche Wunde im Bauchbereiche im Auge behaltend, durch welche in diesem 234567890987Fall gehörig aber durchaus stetig Blut austrat unter den Kopf des Mädchens und hob ihn ein wenig an. Ich wollte gerade mit den Untersuchungen beginnen, wollte gerade das Mädchen ansprechen um zu sehen, ob es denn bereits tatsächlich um es geschehen war oder ob vielleicht nicht doch noch Hoffnung für sie bestand. Als ich plötzlich voller Schrecken den Schrei einer Frau vernahm der unweit irgendwo hinter den Bauernhäusern emporstieg, „HURRA!“ , so schien Sye zurufen. „HURRA! HURRA! HURRA!“, hörte ich es immer wieder erschallen und ein furchtbarer Gedanke stieg mir in den Sinn. Wie leicht wäre es möglich gewesen, falls niemand gesehen hatte wie sich die ganze Angelegenheit zugetragen hatte, dass also dieser Knabe d456787654as Mädchen erstochen hatte, zumal ich ja bereits vor dem Kinde kniete und das blutende Messer in der Hand hielt, das mir die ganze Sache in die Schuhe geschoben würde. Ich muss gestehen, dass mich bei diesem Gedanken eine gewisse Unruhe erfasste, wollte ich doch keinesfalls Schwierigkeiten bekommen oder gar in meinem Vorhaben aufgehalten werden die Zausylehrstelle zu erreichen.„HURRA!“, rief es wieder und ich bekam Angst. Es stand zu befürchten, dass man mich überw.ltigen würde, dass große kräftige Schuster oder Hufschmiede, wie es sie in kleinen Dörfern oftmals hatte auf mich losgehen würden, dass man mich niederringen und festhalten, am Ende gar zu Unrecht bestrafen würde und auf alle meine verzweifelten Erklärungen unschuldig zu sein gar nichts gab. Daher entschied ich, obwohl ich die ganze Sache sein lassen hätte können, dem guten alten3w4e5r6t7u87z65 Oberschlacht-

meister zuliebe oder wenn ich ehrlich bin doch auch recht des großen Spaßes wegen, den wir mit den Altschlächtern einmal haben würden, all die notwendigen Schritte der gesamten Untersuchung möglichst schnell, geradezu hastig durchzuführen bevor noch irgendjemand kam, beachtete sonst noch wie den Blutaustritt, sah halt einmal hin und fand, dass freilich
Blut austrat sogar recht ordentlich und musste kurz einmal lachen im Hinblick auf die23456789098765 Gründlichkeit meiner Vorgehensweise, stets den Oberschlachtmeister im Sinn schätzte, irgendwie durch einen gewagten Blick in das Gesicht des Mädchens die Sterbegeschwindigkeit ein, die ich aufgrund des fürchterlichen Gespucktes, dem vielen Würgen und den verzweifelten Blicken des Kindes für recht hurtig erachtete und beschloss, da die Kleine sich auf meine Worte hin überhaupt nicht regte, dass es vielleicht bereits,- was weiß denn ich, Zeit war, auf diese sogenannte Ullrichdrüse einzuwirken. Ich schlug dem Kinde also, damit es auch gut war mit großer Kraft ins Gesicht als ich zum wiederholten Male laute Rufe vernahm, diesmal von mehreren Personen wie es schien und befand hastig, da das Mädchen auch nach dieser für den angedachten Zweck, den nämlichen Tot des Kindes freilich durchaus unzureichende Behandlung bei meiner beeilten Suche irgendetwas herauszufinden, als ich meine Kleider im Geyste beinahe abtastete, freilich noch am Leben war, dass ich eigentlich gar nicht sagen konnte ob den besonderen Eigendrücken, die sich mir da boten gar das Prusten und das Blutgespucke, wann der genaue567z8i98u Todeseintritt in diesem Falle stattfinden sollte und der endgültige Schlag angebracht war. Ich konnte mir eigentlich keinerlei Vorstellungen machen wie es überhaupt jemals ersichtlich sein sollte von der Beachtung der Sterbegesc45678hwindigkeit, welche ich ohnehin nicht einschätzen konnte auf den tödlichen endgültigen Schlag zu schließen der nach den Angaben, die ich erhalten hatte zur Verfeinerung des

Kinderfleisches unbedingt notwendig war. In meiner
9
Verzweiflung gedachte ich noch einmal des Oberschlachtmeisters und seiner Erwähnung, anstatt des Schlages ins Gesicht durchaus einen Stiefeltritt in Erwägung zu ziehen und richtete mich hastig auf. Ich hielt einen Augenblick inne und erhob noch einmal mein Haupt, steckte noch einmal meine Nase yn jene angenehmen Düfte der UMGEBUNG UND IHRER MANNyGFALTIGEN; VIELEN VON EINANDER JEWEILS FREILICH STETS WIE YCH ES WEYß abgegrenzten dingen, FIRLEFANZ DEN ES ÜBERALL GIEBT WIE BÄUME ODER SCHWEINEBAUERN DIE SONSTNOCHEINER SO ER AUCH NAMEN ZAHLREICH FINDET OHNEHIN GAR NIEMALS; SEI ES AUCH VON EINEM KLUMPEN DRECK EIN fährshdönnttniße stachel der hornisse zu bilden vermag. , welche mich auf meinem bisherigen Weg so nett begleitet hatten und in deren Beisein ich die längste Zeit durchaus friedlich und von Leichtigkeit erfüllt meiner Ausbildungsstätte entgegen marschiert war. All diese Eintracht all diese Freude war nun bald schon restlos vergangen und es drohte mir sogar noch Schlimmeres, wenn sich die Dinge weiterhin derartig entwickelten und man mir die Schuld für dieses Ungeschick aufhalste wie es durchaus zu befürchten stand. Ich wollte keinesfalls in Schwierigkeiten geraten. Ich wollte dem Mädchen gerade ins Gesicht treten als ich es wieder vernahm. „HURRA!“, erschallte es und ich begriff diesmal den Ernst der Lage. Es hörte sich für mich so an als würde Blech aneinander geschlagen oder gar als würden Klingen aneinander gewetzt und auch so als würden irgendwelche Männer mit schildern und für den Erhalt ihrer aufwendigen
FRISUREN leichten,luftigen GANZ DÜNNEN Helmen,ganz ganz dünnen Helmen so dünn wie man es sich bei dem verwendeten vverkstoff Kupfer nicht vorstellen kann und wie

nicht einmal ein Blatt Papier es ist sich mit tiefen Stimmen gegenseitig etwas zurufen, als würden sie jeden Augenblick hinter einem der Häuser hervor stürmen und auf mich losgehen. MYr wurde klar, dass meine Bemühungen vergeblich waren und dass die Erforschung der Sterbevorgänge zumindest in diesem Fall ergebnislos bleiben sollte und für mych, ob ich wollte oder nicht, nichts anderes übrig stand, als mich irgendwie aus der ganzen Angelegenheit davonzustehlen. „Hört mich an ihr Kinder", sagte ich daher voller Eile zu den Kleinen, im Geyste mich regelrecht überschlagend, verzweifelt ringend nach einem Einfall sonst noch was erwägend. „Wir spielen nun ein Spiel. Kennt ihr das Nüssefangen?" Die Kinder schüttelten al335lesamt ihre Köpfe und sogar das Sterbemädchen schien mir ganz besondere auf meine Frage bezogene Laute auszustoßen, röchelte auf eine Weise und schüttelte auch den Kopf beinahe so, als würde sie mir deuten wollen, dass sie dieses Nüssespiel nicht kannte. Jedoch wie eigenartig mir dies auch immer erschien, ich hatte anderes zu tun. Natürlich wusste ich selbst keineswegs von einem derartigen Spiel, hatte ich diesen Unsinn just ersonnen. aber da die Zeit drängte, die Schuster wohl jeden Augenblick auf mich losgehen würden und mir seltsamerweise letztendlich nichts anderes in den Sinn trat als die paar Nüsse, die ich einmal irgendwo gefunden hatte welche ych seit jenem Ereignisse stets in meiner Hosentasche bei mir trug, erwog ich im allerletzten Dings,- wie heißt das noch schnell..., ‚ach der allerersten Eingebung Volgend einfach irgendwas, sonst noch etwas sozusagen, dass die herbei stürmende Meute davon abhalten sollte mich für den Mörder des kleinen Mädchens zu halten. „Hört mich an Kinder", wandte ich mich an die drei Knaben, die da abgesehen von zwei weiteren Mädchen und jenen einem Buben der das arme Kind gestochen hatte noch zu der Gruppe gehörten. „Wir spielen jetzt das Nüssefangen „, sagte ich zu ihnen und es trat mir in meinen angestrengten Überlegungen

irgendeine Ablenkung zu finden sogleich der kleine Lindenbaum ins Auge, der da wenige Schritte von mir entfernt vor einem der Bauernhäuser wuchs und auch weit und breit das einzige war, das mir nebst der recht eintönigen immer gleichen Landschaft den sich unablässig vortsetzenden dichten, finsteren Nadelbaumwäldern getaucht in den stets selben michigen Nebelschleier der gegenwärtigen Atmos5675869868457phäre und den
10
eben erwähnten schmucklosen Höfen in Betracht kam. „Stellt euch alle unter den Baum“, verlangte ich von den Kindern und bedeutete ihnen mit einer hastigen Hantbewegung und
einem strengen Blick, dass sie sich gefälligst anschicken sollten. Schnell hatte ich mir irgendwelche Sachverhalte, irgendwelches wirres Zeug, irgendwelchen Unsinn letztendlich zusammengereimt, den ich das Nüssespiel nennen wollte und welcher in Anbetracht der Möglichkeiten vielleicht sogar ein ga5646876nz guter Einfall war wie ich noch die Weile hatte vor mir selber festzustellen. „Unter den Baum mit euch ihr Kinder!“, fuhr ich sie an als diese sich nicht sputeten und trat schließlich selbst an die Linde, ließ das sterbende Mädchen liegen. Die Knaben, darunter auch jener schändliche, der als einziger schuld an dem Geschehen trug, taten letztlich wenn auch widerwillig und mit trotziger Mine wie es schien was ich ihnen aufgetragen hatte. Nur die90887786754 zwei Mädchen wollten nicht folgen und sahen stur auf den Boden, wollten wohl bei ihrer Spielgefährtin bleiben, ihr Beistand leisten.“HURRA!“, erklang es wieder und ich vernahm nun völlig zweifelsfrei brummende tiefe Männerstimmen, hörte sogar wie einer rief, dass er irgendeinen Sauhund schon noch kriegen würde. Ich hoffte sehr, dass dies nicht mir galt und dass in der allgemeinen Erregung sofern diese überhaupt mit mir und diesem speziellen Sterbefall zu tun hatte durchaus noch andere Angelegen-

heiten von Wychtigkeit waren und sich zumindest der Ausruf über den besagten Sauhund einem anderen Zusammenhang angehörte. Dennoch, so sehr mich auch Erleichterung ereilen wollte und ich bei dem bloßen Gedanken daran, dass die g§$§$%&%$&%&/&%5658797anze Angelegenheit durchaus noch eine Wendung zum Guten erfahren könnte, all die Last sich beinahe schon gerne von meinen Schultern lösen wollte, musste nun gehandelt und der Kinderschar auf eine Art und Weise ins Gewissen geredet werden, sodass keiner von ihnen auch nur im entferntesten irgendetwas sagen würde, das mich in den Augen jener die die Vormundschaft über sie hatten auch nur im geringsten verdächtig erscheinen ließ. Zu dumm nur, dass das Schlachtmesser in meiner Händen völlig blutig war und auch meine Stiefel gar unschöne Abdrücke von Blut und Dreck auf dem völlig blasen Gesicht des Kindes hinterlassen hatten und überdies die beiden anderen Mädchen, nun da ihre Vormunde herbeieilten und sie sich wohl nicht mehr von mir fürchten mussten, ganz entgegen aller Bedenken durch mich irgendein Leid zu erfahren, entgegen allen Hergangs und entgegen allen das vernünftig und angebracht erschien zu mir aufblickten als erwarteten sie nur Böses, ja sogar, so als würden sie sich in ihren hinterhältigen Köpfen bereits entschieden haben, mich an ihre Vormund zu verraten, zu sagen dass ich das Mädchen gestochen hätte, als würden sie das sogar selbst glauben obwohl sie ja zugegen waren und bezeugen konnten wie sich die Angelegenheit in Wirklichkeit verhielt. Ja, ich war mir sicher sie glaubten es bereits. Ich vermochte es regelrecht zu erkennen, las ihn ihren Gesichtern wie sich da der bö§/&/&/(&(/&)/se Wille formte, gleichsam als würde sich eine Faust ballen zur Kampfansage dem Hinterhalt, dem furchtbarsten Verrat, der letzten aller Niedertrachten ein Diener recht zu sein um auf mich mit allen meinen feinen Sinnen all dem Vielen an denen mir so hold gelegen mich armen Sonstnochwer oh, du fein gestickter Saum um meinen Kragen, oh du mein Angesicht binnen kurzer weile regelrecht mit Herrlichkeit durch fleißigen Benennen, einem Fingerzeig hinzuschlagen all meine Pläne zu durchkreuzen. Oh, wie ich da zornig wurde. Nichts hasste ich mehr als wenn kleine Mädchen die Luege sagten, wenn sie mit engen zusammengekniffenen Augen die schändliche Unwahrheit einfach so hina&/)(/()/&)us sprachen und hinterhältig warteten um zu sehen, was sie da gar schlechtes Werk verrichten. Wie entsann ich mich als ich den vermeintlichen Hinterhalt in den Augen der Mädchen bereits zweifelsfrei erkannt zu haben glaubte augenblicklich vergangener Ereignisse, wie trat längst Vergessenes, Nebelschwaden, Fetzen der Erinnerung unerwartet mir wieder in den Sinn. Es war beinahe so als stünde ich wieder bey diesem großen Kopfhaltebrett in jenem ganz

11

besonderen, der Rinderverwertung zugeteilten Schlachtbetriebes, in dem ich meist meine Arbeit verrichtete, als würde mich der große blutige Ochsenskopf in der Festhaltefurche wieder anblicken und mir voller Qual bedeuten wollen, dass im bereits genug Grausamkeit angetan worden war. Wie sah ich ih3456789n wieder leiden und wie fühlte ich seinen grausig verdrehten Blick auf mir lasten, geradewegs als würde er sich in meine Seele bohren, getrieben von Angst und eilig auf der Suche nach etwas, das im Gnade brachte. Wie auch einst nahm ich all diese Schrecken zur Kenntnis und gab mich ein wenig hin an jene Eindrücke, die da einmal von mir beachtet aus dem Dunkel des Vergessens hervor drängten, sah wie der gute Ochse da mit aller Verzweiflung in der Festhaltevorichtung tobte, jede nur erdenkliche Kraft einsetzte um irgendwie wieder frei zu kommen, als ich mich schlagartig wieder erinnern konnte, welcher besondere Vorfall auf diese Begebenheit folgte als mich zu meiner Überraschung das Speckstückchen an der Schulter traf, das der obere unter Schlachtzeugwart von e0987654321inen der vielen Balkongänge im Inneren des Walzensaales wohl in böser Absicht auf mich her abgeworfen hatte. Genau wie ich mich damals fühlte, als ich zu dem Schurken aufblickte, der da voll diebischer Freude schäbig lachte und auch mit den Fingern irgendwelche Zeichen formte, die wohl außer Beleidigungen gar nichts zu bedeuten hatten, so war mir nun zumute, als ich erschrocken auf der Wiese stand und bereits in beginnender Verärgerung über die vermeintlich bevorstehende hinterhältige Tat der Mädchen den verheerenden Fingerzeig in meine Richtung für die Ermordung des Sterbemädchens keinesfalls verantwortlich gemacht werden wollte. Mich packte Blötzlich, wie auch einst im Schlachtbetrieb in meinem Vorhaben durch irgendwelchen Unsinn behindert, in meiner fleißigen Hingabe an nichts Geringeres, als den ehrbaren Schlachtgedanken gestört, einfach nur die blanke Wut. Jedoch, obwohl ych mych in so einer heiklen Lage befand und eigentlich keine Tseyt hatte so verirrten sich meine Ketangen auf seltsamme VV3ise dennoch an dieses Dings mit dem ouszw. „Ja,wie war das einstmals ein Vergehen!“,so mochte ych noch finden, Dieser Ausspruch bezog sich auf die gesetzlich festgelegte Verfahrensweise,- erstes Schlachtgesetzbuch § vier Absatz neun erste ergänzende Einfügung in der Schlachtkraftverordnung welche die leitenden Schlachtangestellten und das Aufsichtspersonal zur Anwendung bringen mußten wenn sich jemand ohne Angabe von Gründen, bei seinem Phorgesetzten von der Arbeit abwandte. Wie wären einfache Schlachtarbeiter zu Tode geprügelt worden, wie hätte man sie sofort selbst in eine der Schlachtvorrichtungen hineingesteckt, wären sie auch nur einen Schritt von der ihnen zugeteilten Stelle gewichen, ganz im Gegenteil zu mir, der ych myr Schlachtverordnung hin Schlachtverordnung her durchaus e55+6<>e61twas erlauben konnte. Bey dem aufkommenden Gedanken an die verstrichene Lehrzeit wurde ich nun doch, von der vvucht der Erinnerung übermannt und mußte durchaus gerne, trotz der sich anbahnenden Schwierigkeiten sogar auf ganz besondere weise lachen wie es angesichts der inneren Bilder charmanter und fyrchterlicher zugleich nicht sein konnte ‚rührte der leichte Wind mein Haar, ein wenig loderte mein Blyck, sodas ych der Umgebung,dem Zeugs um mich herum diesen Buschartigkeiten, diesen Baum genannten grynen Dingern wie irgend eine Gestalt erschien. Ich sah mich im Geyste 17 über das Paket fegen und nach den Tieren stechen, erkannte die Kollegen und hatte es wieder in den Ohren, wie die Viecher brüllten und die geplagten Arbeiter ächzten und einander die Anweisungen zuriefen, übert.nt nur noch von dem dumpfen todbringenden Geknatter der vielen großen und kleinen Schlachtwalzen, die überall beständig ih6797879r grausames Werk verrichten. Ych entsann mych wie ich auch stets Gefallen daran gefunden hattey beim Fleischhackern zwischendurch einen kleinen Spaß zu h!“aben und die anderen ein wenig zu necken, liebte mich doch der Oberschlachtmeister, ja verherrlichte er mich geradezu und besprach wenn meine Späße übertrieben lang andauerten und ich den Mitarbeitern zu viel an den

12

Ohren herumzupfte oder dem einen oder anderen einmal ins Gesicht schlug stets auf fürsorgliche geradezu väterliche Weise die Angelegenheit mit mir und berief sich auf die gar so wichtige Arbeit, die ja gemacht werden musste und die dem Kaiser so viel bedeutete und welche er ohne Zweifel noch mehr liebte als mich. Auch nun sah ich es wieder, ich meinte zu mindestes zu sehen, schien es auf eine Weise in der Mädchen Augen tsu leuchten wie ich es so gar nicht liebte und wie auch der obere untere Schlachtzeugwart mich damals vor langer Zeit an gefunkelt hatte. Wie einst stieg die Wut in mir jedoch zu vorderst recht die Kraft mir ins Gebein. „Nimm den Lumpen schneid´ ihn ein! Nimm den Lumpen schneid‘ ins Bein! Oder dem Schwein hinein so du eines findest. Geh‘ eins suchen! Und den Lumpen gar nicht schindest“. Wie freue ich mich oftmals, wenn es so geschieht, obwohl mich fremde Wärme liebt und recht wie einen Schimmer von sonst noch welchem Schanddasein, noch schlimmer gar mit sü.en Wonnen bindet, gar zur Ehre, gar zum Schein und findet dann ein zehrend Wesen willig Fleisch und endlich Bein. „Das meine sollst du immer sein!“ Es will dann immer, dass ich schneide, es verspricht immer seine Macht und schafft dann oftmals, dass ich recht verweile, schändlich lobe ich die Kraft und nenne dann im Bilderreigen den Zurr den Wahrmuhll, den Furchtbarkeit bei seinem Haar und all der lockend Sachen beim Dreck und bei dem Huf vom Schwein für einen Grund zum Faxen machen. Ich war mittlerweile eigentlich schon eine ganz fürchterliche Persönlichkeit geworden, war den vielen Umständen durchaus begegnet, hatte so einiges verloren von meiner umgänglichen, vornehmen Art, von meiner Freundlichkeit, wollte mir doch die Ungnade des Daseins, die Härte des Lebens ins Angesicht gefahren sein und hatte mich wenn gleich nicht verbogen und keineswegs gebrochen durchaus Gefallen daran finden lassen mich in einen Burschen zu verwandeln der gelegentlich gerne einmal einen ordentlichen Spaß hatte und sich dabei auf das Fürchterlichste benahm, die Zunge herausstreckte wenn es sogar nicht passte und auch spuckte, den Zungensaft auf eine Weise hervorprußtete, wie es nur garstig war und eine Schande. Jedoch gerade dafür, für all die unbekümmerten Späße, die dreisten Einfälle, die ich gelegentlich bekam und auch immer wieder einmal an irgendwelchen Leuten ausprobierte, hatte mich die Dunkelheit in meinem Herzen lieb, mit welcher ich mich seit Anbeginn meines Wandelns, seit meiner seltsamen und fraglos traurigen Bewusstwertung in diesem Teilbereich der Wirklichkeit vor dem Hintergrund vielerlei unbeantworteter Fragen durchaus nicht zuletzt vor jener, nach dem Warum immer wieder außer einander setzen musste und die ich zum einen aufgrund unerklärbarer Zusammenhänge mit welchen sich zu befassen mir schon alleine der gesunde Verstand verbot und welche hier nicht weiter erwähnt werden sollen, zum anderen nicht zuletzt auf Grund von Befürchtungen für mein1000 weiteres körperliches Fortbestehen mit großen Bemühen zu verdrängen versuchte. Ich wollte einfach nicht verrückt sein. So verzagte ich nun auch nicht mehr, wenn es erneut mit mir durch zu gehen drohte, wenn es mich durchfuhr und die ungeahnte Kraft mich bald schon packen wollte, geradewegs der blanke Hass mich trieb, jenen, die es übel meinten, jenen, aus den niedren Schichten, -wie das Fnurr mich liebt- heimzusuchen, sei es mit Schlägen, sei es mit den Stiefeltritten, einem Balkenholz mit rostgem´ Nagel zu vernichten, was dem Haarnuhstarr den Brummswurchstar den sonst noch was nicht liebte. Es donnerte auch dieses Mal bereits um mich herum. Der Kraftakt bahnte sich an. Dieses Mal war es „kleine Mädchenzeit" . Ich vernahm erneut auf schwer beschreibliche Weise, mir wurde viel mehr gewahr als würden unzählige Tatzen und kleine Beinchen im Waldboden rasseln, als stampften Herden von behuften Tieren in furchtbarer Eile über die Felder hinfort, ja als würde ich das Rauschen der Blätter um mich herum und auch in weitester Ferne die winzigen und unscheinbarsten Zweige und Äste, Verästlungen von Kleinstfasern, den tausendsten Teil von einer Flachfaser sich regen hören, als würden mir die Geräusche welche die Leute machten,

13

hinaus bis in alle Unendlichkeit, überall jeder Seufzer, jedes Lachen, jede Träne überhaupt alles was da sein konnte irgendwie zu Bewusstsein kommen, dass der Wind ein Säuseln war erneut, ein Tosen irgendwo, ein Sturmwind hin und wieder irgendwann. Er fahret recht beständig und erhaben der Landschaft in die Glieder. Er sauset einfach durch das Land, über alles nur hinweg. Er reiset recht von Berg zu Tal über die Wiesen ohne Rast, teilt gar er die Bäume, ganze Wälder breitet er entzwei und verweilt stets eilig auf dem Wege in die Ferne, wohl kaum ein wenig bei der Tanzerei, von allem jenem recht geringen das er rührt. Wie kann der Wind ein wohles Wollen sein, ein leiser Freund, ein Vater, streicht einem zärtlich durch das Haar, stärkt einem den Rücken auf dem Weg und kommt doch im nächsten Augenblick völlig gewandelt mit einer Kraft auf einem nieder fährt und fahret, fahr und fahret einem recht mit Strenge voller Rauschen ins Gesicht.@ Wie manch ein friedfertiger Vater, der es in der Tat gut meint mit der Familie, den Läuten, sogar mit den verkommensten Gestalten i%$rgendwann einmal einen Groll hegt und ein einziges Mal in sehr langer Weile in blinde Raserei verfällt, in von Haß getriebene Zerstörungswut, vielleicht weil ihm ein Unrecht widerfahren ist, ihn zum Beispiel seine Freunde, was weiß den ich, der Schuster und der Bäcker beim gemeinschaftlichen Kartenspiel hintergangen hatten, auf eine Art und Weise, die ihm nur zu deutlich aufgefallen war, ihr Lachen und das allzu auffällige gegenseitige Zugezwinker möglicherweise, auf Grund des vielen Weines der dabei floß in einer Weise durchgeführt wurde, so dass er über jeden Zweifel erhaben sein konnte, doch einfach nur Pech zu haben, und auf seine Anschuldigung und seine.mit erhobenen Zeigefinger dargebrachten Vorwürfe von den beiden nicht bloß weiteres, dreckiges Gelächter, Hohn und Spott erntete son/()dern von den Halunken sogar noch lachend und in ihrer Schande schwelgend selbst der Falschspielerei bezichtigt und letztendlich nach langem Hin und Her und zahllosen gegenseitigen Beschimpfungen beim Bezahlen der Zeche, für den gesamten Verbrauch aufkommen sollte auf Grund von Abweichungen der vereinbarten Zeichnungen, Kürzel und Formen wie Kreis, Viereck,Dreieck, Hexagon, sowie Zahlenwerten am

Ende der handschriftlichen Auflistungen jeder Runde wie die Nennungen Zwei, Vi77er, Acht, Sieben und so weiter wie sie die drei seit Langen, seit der Vereinbarung, die sie einmal getroffen hatten als sie beim Vetter des Bäckers ein kleines Fest abhielten wo dessen Bruder von dem Knecht berichtete, der ihm gegenüber steif und fest darauf beharrte,einmal einem begegnet zu sein der in den tiefsten Wäldern sonstnochwo einen Drachen kenne, welchen er auch hie und da besuche, ihm kleine Täschchen mit gelbem Schnittlauchhonig mitbringe, mit ihm aus Datteln gebastelte kleine Männchen gegen Eichelsaftmehl tausche und mit ihm in einer furchtbar scheußlichen, stinkenden Sprache über den Sinn und was sich sonst noch für Fragen auftaten rund um die Betrachtung der Tatsache das hinter jenem Wald ein Kuhstall stand ausführliche Gespräche führe auf die Rechnung auftrugen und welche selbst im übelsten Suff darüber Auskunft geben sollte wer hinsichtlich der durchgeführten Kartenspiele was zu begleichen hatte auch noch von der durch den Lärm aufgeschreckten Bäckersfrau, die der gute Mann auf Grund vieler Dinge die sich in der Vergangenheit ereignet hatten vornehmlich aber ihres1 Wesens der völlig zu Unrecht herablassen Art, ihres Hochmutes und vor allem ihrer Dummheit wegen bis auf den Tod verabscheute hinterrücks mit dem Nudelholz nieder geschlagen wurde um nach einer Weile, die er in einem Dämmerzustand der Bewusstlosigkeit zubringen musste an einem gänzlich andrem Ort wieder zu erwachen und zu bemerken, dass die8 Drei nicht mehr zugegen waren und er statt dessen im Beisein der drei Bäckerknaben in gar schummrigen Dämmerschein eines aus Stroh und alten Brettern errichteten Verschlages ohne Kleider und von den drei Bälgern mit schmutzigen Stöcken und Strohalmen in vermeintlicher Heimlichkeit an Stellen betastet, an welchen er es gar nicht liebte, ganz entgegen seines Wesen, wie er es sogar selbst nicht von sich meint, auf einmal zornig wird, wie er die

Tobsucht kriegt und ihn
14
nichts weiter mehr bewegt als seien es nun die Übeltäter oder wer auch immer, die Finger um eine Kehle nur zu legen, wie er aufspringt und sie zerstört mit einem Hieb die Hütte der Knaben, wie er ihn hinaus brüllt seinen Unmut in das weite Land und dabei sonst noch was begehrt und nickt und freilich liebt, dass er jetzt schneyden geht, wie es ihm, obwohl er sich noch umsieht nach den Bösewichten als er sich völlig nackt bereits beeilt gar nicht allzu wichtig wäre welchen Körper er nun richtet, mit einem Messer oder einem Beil, bloß etwas zu finden bleibt der Sinn sei es auch der lange Weg nachhause, denn Gewissheit tröstet sehr wohin er gerne mit langen Finger liefe um in den Laden recht zu rühren, wo bestimmt ein Messer wär und wie er letztlich auch mit einer Kraft bereits wutentbrannt die Beine schwingt, mit Leidenschaft der Lieben zuhause gar gedenkt, die da wohl das liebe Weib, der kleine Knab 8888888
8888888888888888888888888888888888888888888888
einträcht ig der Heimkehr harren ihres Papaengrafs, die da wohl die frommsten Lieder singen und beginnen sich zu freuen, da es ja schon zeitig ist und gar mit einer Suppe auf den Knien für all die Gaben danken, die da artig sind und nett, der Köchin noch bevor dem Bett bescheiden wie sehr sie ihre Dienste schätzen, wie er sich im Gedanken bereits ausmalt, daheim die Türe einzutreten, so heckt er auch hurtig auf dem Weg die unmöglichsten Dinge aus, ersinnt gar Gerätschaften aus Holz und Eisen, schwierige Vereinigung der beiden Werkstoffe, regelrechtes Folterwerkzeug, Maschinen wie zum Beispiel in einem Rechteck angeordnete einen Rahmen bildende Eisenstangen, mit vielen gerillten und durchaus auch von bedeutsamen Einkerbungen, oh Hintersinn ebenfalls aus Eisen gefertigte Querverstrebungen, welche von Schraubenmuttern gehalten und auf welche gar ein Brett gelegt, sodass es festsitzt

und den Rahmen längs an beiden Enden überragt worüber man dann einen Körper legt und worüber wiederum jeweils ebenfalls längsseitig zumindest an der einen Seite notwendigerweise den Rahmen überragend in zwei Winden eingefasst so sinnt er eifrig hin und her ein Seil gezogen würde, welches an der einen Seite an einem Haken befestigt und auf der anderen mit einem zugeschliffenen Eisenblock gewichtet, welcher, sodann man den Knoten von dem Stricke löst zu Boden fällt und die Person welche unter ihm gelegt am Halse trifft und durch die Verletzung sozusagen von der Schwerkraft Hand mit einem Zuge richtet. Wie überlegt er rasend hin und her und befindet letztendlich doch entgegen aller schwierigen Einfälle die einfacheren Anwendungen der Gewalt die Schläge und Stiefeltritte, das Schlagen und das Stechen, Schneiden und Hacken, das Erschlagen mit schweren Gegenständen das zielgerichtete Umkippen von Kleiderscrhänken für die besseren Maßnahmen um seinem Ärger Luft zu machen. Wie der selbe Mann der gute Vater auch zu anderen Zeiten voller Sanftmut freundlich ist, den Frieden schätzt und Blumen liebt, doch nunmehr von des Daseins Härte arg gebeutelt den Niedergang von gar sehr vielen Leuten bloß im Sinn, mit einer Gier und mit Verlangen nach den harten Taten, nach recht viel von dem Gebein, das da von Kraft verlassen ausgehauchten Lebens Zeuge gar auf seinem Wiesengrund die Erde ziere begehrt, ein Ausdruck gar von Herrlichkeit zu sein so regt sich auch der Wind an mancher Stelle wenig, streicht die Büsche hin und her und ist gar andrer Orts zu andren Zeiten ein Sturmwind gar auf eine Weise dass es unbeschreiblich sei. Er streckt die Häuser alle Leute nieder, alles Leben. Ein Donnergroll im Angesicht der jenen, die da streben in dem Reigen gar ein Funken nur zu sein. Wie teilen sich auch die Lüfte immer wieder weit, hindurch ihr Donnrgroll
8888888888888888888888888888888

Blitze niederfahren, die Erde nass und aufgewühlt weit und breit kein Frieden mehr. Bangen, Ehrfurcht, Angst die bleibt. Verderben auf der Wiese. Wie sausen die Sturmwinde hernieder aus den höheren Luftbereichen, wie brausen sie durchs weite Land stets auf der Suche nach der Ferne. Wie biegen sie die Eichen nieder als wie von strenger Hand mit
15
einem Schlag gerichtet. Nichtachtung dem Wenig, das da bleibt. Wie liegen sie dann da die Leiber, hingerichtet von den Kräften alles Sinnen, alles möchten längst dahin als ob in den Gesängen alter Weiber noch das Leben schwänge. Wie liegen sie dann da die Trümmer, Steine, Bretter, Scherben, Dreck gar gerichtet von der Macht als ob beim Ächzen allerletzter Triebe nicht der Sturmwind voll der Strenge lächelt ob die Späße, die er macht. So reißt der Wind den letzten Baum, den letzten Riesen aus dem Grund wo nebst gar Hund und Hof verwehen, vergehen gar und all die netten Dinge hindurch sie sehen armen Schein gerichtet sind danieder liegen. Sie fegen immer wieder dahin, die furchtbaren Kräfte der höheren766 Luftbereiche, sie brausen achtlos durch das Land. Blitz und Donner scheucht das Leben hin und her. Ihr Regen schwemmt die Berge nieder, Land und Täler einfach so hinfort in alle Ferne. Häuser, Türme, Bauten aller Tand stürzt ganz gewiss zu Grunde wie gleichsam sich die Häupter heben, dann bestimmt als forme, sich da oben irgendwas, ein Angesicht am Ende, dass es sich lohnen könnte anzublicken, gar zu betteln und zu bitten, auf den Knien zu vergehen. So schneide ich an dieser Stelle den Leuten gern ins Fleisch, treibt es mich dann an, drängt es mich gerade zu nur hin zu wem auch immer, der mir da übles möchte. Zumeist brülle dann ich ganz vereinnahmt von der Kraft meinen Unmut einfach so hinaus, bäume ich mich auf und greife was auch immer in der Nähe ist. Ja, ich greife nach den vielen Dingen. Ich lege auch zu gern

den Steppschritt ein und führe gar die Schritte steige mit dem linken Bein beschwingt und von dem Geyste
schöner Klänge angerührt, fein und gar auf eine Weise als könnt es auch ein Tänzchen sein. So stieg ich auch Damals als dieser Unhold mich mit den Speckstückchen beworfen hatte sofort die Stufen hoch, lies den Leidenden Ochsen zurück und hatte nach wenigen Augenblicken den oberen unteren Schlachtzeugwart auch schon mit ordentlicher Kraft an der Gurgel gepackt, als der Oberschlachtmeister sich, plötzlich bemerkbar, machte und sich wie ich aus den Augenwinkeln9 bemerkte anschickte mich aufzuhalten. Jedoch wie einst der Oberschlachtmeister durch seine gute Zurede und dadurch dass er sich immer Wieder zwischen mich und dem oberen unteren Schlachtzeugwart stellte mich abdrängte und alles Mögliche an Gründen nannte, weshalb ich diesen Tunichtgut nicht auf der Stelle den Kehlkopf eindrücken oder sonst noch was mit ihm anstellen sollte durch das unablässige Bekräftigen einmal ein ganz besonderes Essen für mich abzuhalten, an welchem es all jene Fleischspezialitäten geben sollte, die ich ganz besonders liebte, letztlich erreichte, dass ich mich wieder beruhigte und den oberen unteren Schlachtzeugwart irgendwann aus meinen Fängen ließ, so war diesmal niemand zugegen der versuchte mich davon abzubringen in meiner Erregung auf die beiden Mädchen loszugehen. Donner grollte, Blitze zuckten der Wind kam auf, brauste von allen Seiten daher. Ich fühlte meine Kraft und regelrecht das Vergnügen ihre Leiber hingeschlachtet in der Wiese liegen zu sehen. Was in aller Unendlichkeit konnte mich jemals aufhalten? Die Liebe, die endlose Güte in meinem Herzen4? Der Tot? .. Ein Versprechen! Als mir schon gar nichts mehr Einfiel weshalb ich nicht einfach so über die beiden herfallen sollte und bereits zuckte ob des furchtbaren Gedanken hinter dieser Leere, wo eigentlich der guten Gründe fein gestickter Saum sein Plätzchen hätte, trat mir plötzlich der

Oberschlachtmeister in den Sinn. Ja, wie hatte er mich gebeten, wie hatte er mich bedrängt und auf eine Weise angesehen mit einem Lächeln, in Demut gar, wie hatte er Runde um Runde Weinbrand ausgegeben und mich regelrecht bekniet, nur wegen diesem elenden Kinderziegenbockwurstrezeptes. Wie hatte er geschwärmt und von den Altschlächtern berichtet. Ja, wie hatte er sogar vermocht mich ein wenig neugierig zumachen auf den erlesen Geschmack dieser Spezialität, von welcher bei solchen Gelegenheiten stets die Rede war oftmals bis dass der nicht ganz finstere Zustand, jenes Dämmern bei dem man sich im Spiegel gerade noch erkennt, dass man so grad' nicht dunkel nennt, sich wieder einstellte und keiner in der Runde die Begeysterung des
16
Oberschlachtmeisters für dieses Rezept mehr ertragen konnte. Immer wieder blieb mir nur noch übrig, Bein und Stein zu schwören und zu geloben, alles erdenkliche zu erwähnen von dem ich wusste, dass es dem Oberschlachtmeister wichtig war, wie die Zusammenfassung des dritten Absatzes der Erklärung über die Herangehensweise bei der Ziegenbockschlachtung und den wichtigen Ziegenbockeid selbst, der von allen Beteiligten geschworen werden muss, lange noch bevor im Ziegenbockbereich die Walzen angeworfen werden, sowie seinen Lederriemen mit dem er die Männer bei der Arbeit antrieb, und natürlich die Altschlächter die er so verehrte, stets in der Hoffnung, dass er endlich einmal Ruhe gab. Letztendlich war es wohl nur diese übertriebene Nachdrücklickeit, mit welcher der Oberschlachtmeister sein Ziel verfolgte. 17Sein ständiges erneutes Nachhaken was1 die Erforschung des Fleischwurstrezeptes bei einer etwaigen Gelegenheit, bei einer längeren Reise am Ende gar vor dem Antritt der Zausyausbildung betraf auf welche er auch dann immer wieder Bezug nahm, wenn gerade anderes besprochen wurde, sein heimliches Zuzwinkern,

das unpassender Weise oftmals gerade dann erfolgte wenn wir uns wieder einmal für einen Trinkspruch erhoben hatten und mit unseren Bechern anstieß45668en, aber vor allem seine unbändige Leidenschaft für etwas Unwichtiges wie eine Kinderziegenbockwurst, das Funkeln in seinen Augen seine unendliche Liebe zum Schlächterdasein, welche mich nun veranlasste nachsichtig zu sein und halt nicht in das Fleisch der beiden Mädchen einzuschneiden. „In der Tat", so sagte ich mir. „Eine Kinderziegenbockwurst könne vielleicht eine ganz gute Jause sein." Ich spürte, wie sich etwas in mir regte, eine altvertraute Kraft nach meinen Mächten rang, gar nach meinen Sinnen reichte und den fein5en Geyst erklommen sorgsam meine Lippen formte zu dem einen Wort. „Angst und Hass und Zorn und auch harte Leidenschaft!", sprachen wir gemeinsam zu dem Kinderreigen, sagten wir mit vielen Stimmen, vielen Sinnen zugetan. „All dies in meiner Hand! Auf das sich durch Zorn und Willen alles füge nach gar letztendlichem Verstand!" Donne5868744211r grollte. Regen setzte ein. Blitze zuckten über das Land. „Hört mir endlich zu ihr Kinder!", schrie ich durch den Sturmwind mit den Bälgern während mir noch ein gewaltiger Windstoß aus den verfinsterten, höheren Luftbereichen entgegen blies und mein Haar erfasste, es auf wilde vermutlich bedrohliche furchteinflößende Weise tanzen lies. Schauerlich mit ausgebreiteten Armen stand ich vor den Kindern blickte streng auf sie hinunter und sagte weiter meine Zauberei. Auch die Erwachsenen hinter dem Haus waren nun kaum mehr zu vernehmen, schienen auf einmal in dem Getöse wie verschwunden. Jedoch ich wusste, meine Zeit war knapp. Daher sprach ich weiter Zauberei auf die Kinder hinunter, teilte sie nur mit einer Armbewegung in zwei Gruppen. Die Mädchen zu meiner link7en nur hin und meinetwegen auch gleich obendrauf aufs Sterbekind, die Knaben zu meiner Rechten unter den Lindenbaum. Da standen sie nun so wie es mir gefiel. Ich begann mit alten Handbewegungen und auch mit alter Stimme auf sie einzuwirken, waltete mit meiner Linken den Mädchen durch den Sinn, schickte die böse Absicht sonst wo hin, erklärte ihnen gar mit einem Streich, dass über den Tod der Freundin keine von ihnen 111111111111111111111111 111111111111111111111111111111111111111111111111111111111 1111111111 111111111111111111111111111111111111111111111 11111111111111111111111111111111111 1111111111 1111111111111111111111111111111111111111111111111111mehr so recht die Worte weiß. Den Knaben jedoch erklärte ich das Nüssefangen. In ihren Augen sah ich keine List. Vielleicht in jenem einen seinen, der in der Tat das Messer stach. „Also liebe Buben“, trat ich schließlich an sie heran und wurde wieder ruhiger wie auch der spezielle nicht ganz dunkle Zustand der Umgebung jener eine bei dem man sich im Spiegel fast nicht mehr erkennt, was man bald schon dunkel nennt sich wieder klärte.“Hoppsa!“, rief ich und sprang sogleich auf meinem Baum, nahm ich Platz in dem Geäst. „Schnell ihr Buben! Ich erkläre jetzt das Nüssespiel!“ So war ich also bereit, die Worte über das Spiel zusagen,

17

verlangte, dass sich alle vier unter den Baum knieten und mich ansahen während ich sprach. Jedoch ich musste meinen ungeordneten Einfall, meinen wagen Eindruck, welchen ich gewonnen hatte erst einmal in eine brauchbare Form bringen, was in der gebotenen Eile gar nicht einfach war. Daher versprach ich den Knaben zunächst eine besondere Belohnung, irgend einen Preis für ihr fleißigstes Stillschweigen, den ich mir, wusste ich doch zu gut um den untrüglichen8 Ausdruck der einem beim Sprechen in den Augen liegt auch ehrlich vornahm, ihnen zu gute kommen zu lassen und begnügte mich, da mir nichts vernünftiges einfiel, letztlich irgend einen Unsinn für die Regel des Nüssespiels zu halten und hatte sogar noch kurz Zeit um den

Buben, die mich wie ich schon zuvor ihren heimlichen einander gelegentlich zugeworfenen Flüsterworten entnehmen konnte, wohl aufgrund meiner Kleider durchaus als einen Schlächter aus der Schlachtwirklichkeit erkannt hatten, welche, wie es vielerorts bei den Knaben üblich ist, sehr verehrten auf ihre Fragen hin schnell noch etwas zu sagen und durch Bedeutungen mit den Händen und vornehmlich der Gesichtsbildung einen Eindruck zu verschaffen, wie herrlich die ganze Angelegenheit das Fleischhackern, das Herumwerfen mit den Einzelteilen und vor allen Dingen das Zermatschen und das, hinsichtlich der strengen Blicke der Beaufsichtiger des Zuteilungswesen so wichtige Lehre des Portionierens eigentlich in Wirklichkeit war. Ich vers67876876543prach ihnen sogar, bei einem möglichem Ansuchen ihrerseits, selbst einmal in die Schlachtlehre eintreten zu dürfen, ein gutes Wort für sie einzulegen und sie auch in meinen Schutz zu nehmen wenn sie jenen, welche die Vormundschaft über sie hatten nichts von meinen grausamen Untersuchungen im Rahmen der Herbeiwirtschaftung des Kinderziegenbockwurstrezeptes meinen Schlägen und den Tritten gegen das verwundete Mädchen sagen und stattdessen, wie ich es für passender hielt, eher vo33+14?n einem grausigen Räuber mit einem langen Bart daherreden würden, welcher dem armen Mädchen all die schrecklichen Dinge angetan hätte und die ich lediglich um sie zu verhindern und auch nicht zuletzt um einige Zeit nach Kräften mit ihm zu ringen herbeigeeilt sei und welcher dann dank meines Eingreifens schnell das Weite gesucht hatte. Überdies verlangte ich noch, dass sie bei Gelegenheit den beiden anderen Mädchen, deren Kenntnis von dem Vorfall ich gelöscht hatte, erzählen würden wie sich die ganze Sache eigentlich zugetragen hatte, dass es allein der Räuber gewesen sei. Das alles war schön ungut für die Buben. Sie willigten ein. Besonders jener schändliche Knabe, jener, der die Tat begangen hatte, schien begeystert zu sein und wollte

mir noch irgendwelche Fragen stellen, zum Schlachtwesen. Da gebot ich ihm Einhalt indem ich den Finger erhob2 und in angesichts der herbei eilenden Vormunde, die nun, da es ruhiger um uns wurde wieder besser zu vernehmen waren und jeden Augenblick hinter dem Haus hervorzukommen drohten, auf unser Nüssespiel verwies welches nach unserem Abkommen lediglich daraus bestand, dass ich meine Nüsse vor sie auf den Boden warf und dass die Buben auf mögliche Fragen, die umständlichsten Dinge erklärten oder so ich in Ihrem Beisein gefragt wurde sich genau an jenes hielten, das ich dann dazu sagte. „HURRA! HURRA! HURRA!“, erschallte es nun
aus vielen Kehlen. Ich hörte Getrampel und auch wieder wie Säbel oder Messer aneinander gewetzt wurden. Es war soweit. Das Nüssespiel konnte beginnen. Ich warf die erste Nuß. „Herr Schlächter“, zischte da der Schandknabe, jener, der das Mädchen stach noch schnell zu mir herauf.“Aus welchem wichtigen Grund des Schlachtens habt Ihr die Müllerstochter den mit dem Stiefel getreten?“ ich lachte kurz. „Für ein Fleischwurstrezept!“,sagte ich ihm und wechselten einen besonderen Blick. „Ja“, so sagte ich mir „aus dem könnte noch einmal ein richtig guter Fleischhacker werden“. Dann war es plötzlich soweit. Als erstes vernahm ich ganz deutlich, löste sich aus dem Stimmengewirr immer näher und näher kommend die Stimme einer Frau die regelrecht herum brüllte. „HURRA! HURRA!“, rief sie immerfort und einmal auch „OH
18
NEIN!“, ich machte mir aufgrund ihrer Stimmfärbung ganz schreckliche Vorstellungen von ihrer Person, verspürte ein gewisses, leichtes Unbehagen und hatte auch für einen Augenblick spezielle sehnsuchtsvolle Gedanken von vergangenen Erlebnissen und fernen Plätzen, die fast jenen an eine Flucht näherkamen, riss mich jedoch zusammen und warf ein weitere Nuß vor die Kinder. Da kamen sie auch schon um die

Ecke. Eine dicke Frau führte in der Tat die Meute an. „HURRA! HURRA!", rief sie wieder und meinte dies, wie ich nun an ihrem wutentbrannten Gesicht zweifelsfrei erkennen konnte, ganz bestimmt nicht so begeystert wie man hätte finden können oder wie ich in einer kurzen Verwirrung aufgrund meiner tiefen Auseinandersetzung mit dem Nüssespiel zunächst angenommen hatte. Nein, im Gegenteil, sie war völlig aufgebracht, schlug die Hände über dem Kopf zusammen und kam gleich auf mich zu gestürzt als sie mich im Lindenbaum sitzen sah. „AHO!", rief sie dabei und schließlich „OH1O!" als sie beinahe über das sterbende Mädchen gestolpert wäre. Plötzlich, als nun auch der Rest der Vormunde, einige Weiber jedoch in der Mehrheit große, allesamt kräftig gebaute finster dreinblickende mit großen langen Messern bewaffnete Männer wie jene Hufschmiede und die Schuster die ich mir im Geyste ausgemalt hatte nicht schrecklich waren sich rund um den kleinen Schauplatz unseres Ereignisses in einem Halbkreis aufgestellt hatten und mich grimmig anstarrten, musste ich doch kurz für meinen weiteren Weg als Schlächter Befürchtungen hegen und in der Tat auch für das wichtige Kinderziegenbockwurstrezept ein wenig bangen. Jedoch bald schon, als dieses hässliche, fette Weib mich auf eine gewöhnliche aber dennoch irgendwie bösartige Weise, wie sie die einfachsten und zurückgebliebensten dummen Bauersleute, die man immer wieder in sehr abgelegenen und auch abgeschotteten Bereichen der Wirklichkeit vorfindet oftmals am Leibe haben, anfuhr noch dazu in einem erhobenen Tonfall mit mir zu sprechen begann als wäre ich irgendein Sauhund und sich beinahe grunzend wie ich fand nach der Zustimmung ihrer Gefährten überall hin nach allen Seiten umblickte, mich laut und auch noch recht abschätzig regelrecht anmaulte und schließlich auch noch mit dem Finger auf mich zeigte, wurde ich plötzlich ungehalten. In mir schlummerte bereits wieder der große Ärger. Ich hatte etwas ganz besonders

Verabscheuungswürdiges in ihren Augen erkannt, zusätzlich zu ihrer ohnehin grässlicher, Erscheinung, irgendetwas Mieses hinterhältiges, unrettbar Schreckliches. Es drängte mich mein Ehrgefühl geradezu Haltung4 anzunehmen und mich trotz aller vorherigen Befürchtungen und aller bereits gefasster Pläne mit den Knaben von den Nüssespiel daherzureden dazu gegen jede Anschuldigung zu stellen. Denn Pferdekopf in trüben Rinnsal, im dreckigen Geschmiere, trostlosen Ausgusses des letzten aller Hinterhöfe in einer von allen schönen Sinnen verlassen Gasse, im traurigen, dämmrigen Lichte einer nach Liebe ringenden Kerzenflamme, im Angesicht des übelsten heruntergekommensten aller Augenblicke, dem braunen Kaiser des Verderbens, selbst wenn sich sonst noch welcher Dreck daher gerutscht ein gutes Stück des Weges von der leichten Strömung angetrieben, in tanzender Bewegung nähernd und sich bindet an das Haar der Mähne, wenn er singen möchte all der Schund wenn all der Dunst herum der Haare gern ein Schwingen wär die schönen Töne der Musik, sich ganze Heere jämmerlicher Sterbeköre voll Einigkeit erheben möchten und ihre Stimmen nur recht wie oft die Irrungen des Lebens ungehört vergehen, ist immer noch dem Brumswurchstar, dem Flahwudnihl, dem Furchtbarkeit sein Leibgericht. „Was ist hier geschehen?", wollte diese Sau schließlich von mir wissen, nach einigen Augenblicken, in welchen wir einander beide voller Abneigung um nicht zusagen voller Hass angestarrt hatten „Warum knien die Knaben denn da vor Euch im Dreck?" „Ich weiß gar nicht wa12s Ihr habt.", sagte ich trotzig und sprang die ganze Angelegenheit mit dem Nüssespiel endgültig verwerfend aus dem Lindenbaum und richtete mich stolz vor der versammelten Meute auf, putzte mir die Haare ab. „Ich bin das bestimmt nicht gewesen", log ich sie an und lies in meinem Tonfall ebenfalls jede

19

Freundlichkeit, jeden guten Willen vermissen. „Fragt doch die Kinder“, sagte ich nur.“ Die fette Sau trotze meinen Blicken und schüttelte schließlich voller Gewissheit den Kopf. „Was sollen wir die Kinder fragen?“, fuhr sie mich an. Was wollt ihr nicht gewesen sein?“ Ich begann mich ein wenig zu wunderen. Lag da nicht das Kind am Boden bluttriefend und im Sterbekampf, gurgelnd und hustend mit den Fingern zuckend? War sie selbst die fette Sau nicht beinahe über es gestolpert als sie um die Ecke kam? „Wie könnt Ihr da nur fragen?“, wollte ich wissen und blickte verwirrt in die Runde, sah mir die Vormunde alle an. „Jedenfalls scheint Ihr mir ein ganz sonderb12arer Bursche zu sein“, stellte die Sau fest. Alle starrten sie mich finster an als würden sie 75r5r7jeden Augenblick auf mich losgehen wollen. Keiner würdigte das sterbende Mädchen auch nur eines Blickes. Allerhöchstens die vier Knaben wurden von ihnen beäugt. „Schert es euch denn nicht, was mit dem kleinen Mädchen geschehen ist?“, fragte ich und zeigte nun hin auf das Sterbemädchen um alle Missverständnisse aufzuklären möglicherweise aufgetretenen, haarsträubenden Zufällen, wie ich sie mir fast gar nicht erfinden mochte entgegen zu wirken, dass vielleicht ein Kieselstein vom Dach des Hauses dieser fetten Frau aus welchen selbige gerade da begab um in aller Eile und freilich nur des Mädchens wegen herzulaufen aus gar der Unzahl vieler Gründe, dem einen seiner wegen vom dem es hieße, dass ein Spatz sich gerade niederlies am Dach des Hauses und mit der Krallenspitze von seinem einem Fuße das Steinchen in Bewegung setzte, seinen Weg zu nehmen, sodass es einfach so passierte, dass es die Sau am Hirne traf und wenn auch nur für Augenblicke alles in Bewegung brachte, gar den Sinn erneut Belebte, dass die ganze Vormundschaar welche ihr ins Freie folgte wie gleichsam eine Spinne ihre Fliegen hütet für die späteren Verzehr eine Schaar von Opfern wär und gerade da, weil geystverbunden und die fette durch Gedankenmacht der Sinn zu sehr getrübte, welche auch die Vormundschaft ein gänzlich anderes Scheinen vor die Augen hielt, sodass sie alle sahen den Sterbekampf des Mädchens nicht, und halt trotzdem kamen, mich zu schimpfen, Hände heben, Nasen rümpfen der Buben wegen, wegen sonst noch was sich zu beschweren. „Ach, die Müllerstochter.“, ächzte schließlich irgendwer angewidert, und wieder starrten sie alle mich an. Keinem war es die Mühe wert auch nur23 den Kopf zu wenden wenn auch nur um zu sehen was ich meinte. Hätte ich nicht bereits so Vieles erlebt auf meinen Wegen, so manchen Unsinn ausgestanden, wäre ich über das Verhalten dieser Leute bestimmt entsetzt gewesen. „Na, wenn Euch das so egal ist weshalb geht Ihr mich dann so an?“ fragte ich schließlich dreist und konnte mich angesichts dieser auch für mich fraglos sonderbaren Lage eines hämischen Grinsens nicht erwehren. Jedoch diese furchtbaren Leute schienen wiederum nicht recht zu begreifen, schüttelten wieder bloß alle die Köpfe und waren ratlos. Ich erlaubte mir nun ebenfalls ein wenig verständnislos zu sein und sie mir meinerseits ein wenig verwundert anzusehen. Jedoch, weil mir das nach einigen Augenblicken, die wir da in gemeinschaftlichem ungläubigen Schweigen verbrachten, die Verwirrung über unseren Köpfen bei spezieller Betrachtung immer mehr den Anschein des Sagenhaften erlangte und mir das allmählich zu dumm war und ich mich, wenn es sich einmal so verhielt, dass keiner sich darum scherte was mit dem Sterbemädchen war, auch gar nicht weiterhin mit diesen Pack befasse12n und viel lieber meiner Wege gehen wollte, verlockte es mich schließlichr54765 doch zu sehr ein wenig dreist zu werden. Ich fing einfach einmal an. „Also“, sagte ich um Fassung bemüht, darum ringend meine aufkommende Belustigung in den Zaum zu kriegen und blickte mit möglichst bedeutete Mine in die Runde. „Fragt die Kinder. Da war ein Räuber.“ „Ein Räuber!“, fuhr mir die hässliche Frau sofort ins Wort. „Sagt jetzt nicht, Ihr wollt die Schuld

auf irgendeinen Räuber schieben!“ „Wenn es aber so gewesen ist“, blieb ich beharrlich. „Fragt die Kinder“. Ich wandte mich schnell bevor noch weitere Worte fielen an die knienden Knaben und bedeutete ihnen mit einem auffordernden Blick wie ausgemacht von dem Übeltäter zu
20
berichten. Der Schandknabe erhob sich als erster. Ich sah Fleiß in seinen Zügen. Schändlicher Schimmer. Elende Lust am Töten. Wie es sie gibt die furchtbaren Burschen. Wie ich sie alle kenne. Ich sah ihn im Geyste bereits wie er in einem der Schlachtbetreibe die Sense schwang, sah wie er den verzweifelten Ziegen mit einer Faust voll rostiger Nägel die Bäuche zerfetzte,2345678 wie er trunken herum stolperte, über die vielen Einzelteile, über all das Gebein im grausigen Elend seines Weinbrand Rauches, wie die meisten dieser Knechte ja nur berauscht sein möchten, wenn sie fleischen oftmals gar nicht wissen was sie tun, nur noch taumeln und grölen, kaum noch sich zum Ausdruck bringen, wohl nichts mehr haben, dass sie auf den Beinen hält, als dieses Funkeln in den Augen. „Es ist wahr was der Herr sagt, Frau Vormund.“, erklärte der Knabe artig der fetten Frau. „Ein Räuber mit einem langen Bart ist gekommen und hat die Müllerstochter mit dem Messer gestochen. Der gute Herr hat bloß versucht zu helfen.“ „Ach die Müllerstochter.“, rief nun auch die Frau und spuckte voller Verachtung mit einem kräftigen Nicken auf den Boden. „Wenn interessiert denn so ein Unsinn. Sieh du dir lieber deine Hose an. Seht Ihr Fratzen doch einmal eure Hosen an. Alles voller Dreck!“ Ich verstand nun gar nichts mehr von diesem eigenartigen Schauspiel, verspürte aber irgendwie, dass sich mit etwas Glück das Blatt bald wenden und ich Gelegenheit haben würde mich einfach so aus dem Staub zu machen um weiter meinen wichtigen Angelegenheiten nachzugehen.“ Es macht Euch also gar nichts aus, dass dieser hinterhältige Räuber das Mädchen gestochen

hat?", stellte ich die endgültige über Wohl und Weh entscheidende Frage und fand das durchaus lustig. „Natürlich ist das mit dem Mädchen auch nicht nur noch schön aber auch nicht nur noch schrecklich.", sagte die fette Frau und alle Vormunde nickten fleißig, waren sie sich einig. „Genau! Das ist nicht nur noch schön aber auch nicht nur noch schrecklich", wiederholten einige ihre Worte. „Ja genau" , sagten andere und nickten weiter eifrig, wechselten einige Blicke. War es ihnen also doch nicht entgangen! Alleine sie fanden es nicht nur noch schön, aber halt auch nicht nur noch schrecklich was ihre Gleichgültigkeit für mich zumindest auf haarsträubenden6 Weise erklärte. Es war ihnen einfach nicht schrecklich genug. „Aber, dass die Dorfbuben wegen Euch allesamt dreckige Hosen haben ist das wahrhaft Unverzeihliche", schimpfte die fette Frau. „Was bildet ihr euch eigentlich ein?" Irgendwie war das dann doch kein Ergebnis für mich und ich muss gestehen, dass ich dieses merkwürdige Ereignis, mein unglückliches Zusammentreffen mit diesen Leuten nun bald schon furchteinflößend fand. Jedoch, da nun scheinbar keinem so recht etwas daran lag was mit dem kleinen Mädchen geschehen war und mich durchaus eine gewisse Erleichterung überkam angesichts dieser Tatsache, verspürte ich, obwohl es mir eigentlich nur hätte recht sein können und nichts schöner war als diese Wendung regelrecht den Drang der ganzen Angelegenheit auf den Grund zu gehen und halt ein wenig nachzufragen. Ich sah mich bereits wieder über die Felder ziehen, mit weit ausholenden Schritten und fröhlicher Mine in die Ferne schweifen unbeschwert von all den Sorgen, frei eine leichte Melodie pfeifend, stets nach dem Teilbereich der Wirklichkeit steigend, wo es dann galt, de22n Zausygrad zu erhalten. „Interessiert es den niemand was mit dem Mädchen geschehen ist", klagte ich die Meute an? „Interessiert es den niemand das dieser Bösewicht mit einem langen Messer gelaufe5tr76n kam und das Mädchen einfach so ersto-

chen hat, ihm schließlich noch Faustschläge und Stiefeltritte zufügte“. Jedoch diese Leute wollten einfach nicht begreifen. Sie standen nur da und starten mit teils ungläubig teils angewidert an. Keiner schien so recht zu verstehen was ich von ihnen wollte. „Wie hat er denn das Mädchen getreten?“; fragte schließlich einer der Männer voller Spott und trat mit einigen Schritten an das Sterbemädchen heran, das da immer noch in der Wiese lag und noch immer röchelte und spuckte, sich sogar auf die Seite gedreht hatte um der Gruppe von Vormunden zugewandt zu sein, wohl um sich Hilfe zu erflehen und sie mit großen Augen anstarrte. Da mein Geyst nun erfasste wie
21
nachlässig sie sich dem Mädchen gegenüber nicht bloß verhielten, sondern wie vollkommen gleichgültig ihnen das Leben des Kindes letztendlich war, erfasste mich nun doch ein deutliches Unbehagen als ich in die Runde sah und mir die Gesichter dieser Leute ins Bewusstsein kam. Erst jetzt bemerkte ich wie hässlich sie allesamt doch waren, voller Beulen, krummen Nasen, Pickel, Beine wo die Ohren waren, Augenpaare, Raben Fü.e, Haare überall. Es war mir nun als würde es jeden Augenblick losgehen und als ob sie sich nun alle, warum auch immer sei es auch bloß weil ihnen der Gesang der Vögel schon seit langen nicht gefiel auf mich stürzten könnten, als sei die Schändung des Sterbemädchen nur zum Auftakte geschehen. Jedoch es tat sich weiter nichts. Sie fielen mich nicht an. Ich selbst stand einfach da und versuchte mein Ersc7880hrecken zu verbergen. Ich tat so, als würde ich gelassen und durchaus noch gefasst unserer kleinen Meinungsverschiedenheit stets im Sinn der grauenvollen Tat beiwohnen. Die Umstehenden sahen zu und lachten ein wenig als würde sich bald etwas besonders Lustiges ereignen. Da geschah plötzlich das Unfassbare. Trat der Bursche zu meinem Entsetzen doch in der Tat mit seinen schweren Arbeitsstiefeln und auch noch mit Kraft dem Mädchen in den

Bauch genau an jener Stelle, an der der schändliche Knabe das Messer hinein gestochen hatte, genau mitten hinein auf den großen roten Fleck, der sich auf ihrem Kleid befand. Es soll an dieser Stelle durchaus nicht der Eindruck entstehen, dass ich gegenüber dem Schicksal des Mädchens sehr gleichgültig gewesen wäre. Ich war freilich recht fassungslos dennoch wurde mir jedoch bewusst, erfasste mein fachmännischer Sinn als das Kind verständlicher Weise auf den Tritt heftig reagierte, jammerte und röchelte wie noch nie zuvor, regelrecht in einem Kraftakt eines letzten Atemhauches, eines letzten Aufbäumens gegen ihr Verderben, ihren Schmerz hinaus grunzte und vor allen Dingen als das, auf dass das Blut vermehrt aus ihrem Bauch hervortrat, als ich plötzlich aufhorchte ob des besonderen Gedanken der jene Eindrücke in mir hervorriefe, trat mir doch der Oberschlachtmeister in den Sinn. Dass dies durchaus eine Gelegenheit sein könnte. Da war es schließlich neben allem Erstaunen über die herzlose Tat des Vormundes und all dem Unbehagen das ich fühlte nun irgendwie doch interessant zu sehen ob der gute Mann der ohne Hemmungen weiter auf das Mädchen eintrat nun zu allem Überdruss auch den Kopf mit Stiefeltritten bearbeitete und dabei immer wieder von mir wissen wollte, ob der Räuber das auch so gemacht hatte für den Fall, dass das Kind aufgrund dieser grausamen Misshandlung wirklich sterben sollte, es auch irgendwie hinbekam den Kopf im rechten Augenblick, im Augenblick des Todes nämlich zu treffen was ja das Fleisch des Mädchens aufgrund des wichtigen Zusammenhanges zwischen der Ullrichsdrüse und dem Todeseintritt für mich besonders wertvoll gemacht hätten, und in der Tat, nach einigen 3246r57weiteren Stiefeltritten gegen den Kopf und auch einigen gegen den Bauch und nachdem der Vormund sich sogar die Mühe machte das Mädchen auf die Seite zu drehen um auch noch die Nieren zu bearbeiten, wurden einmal die Regungen des Mädchens merklich im-

mer schwächer. Das Kind zitterte und zuckte noch eine Weile, spuckte noch mehrfach Blut doch schließlich, als würde sie in tiefen Schlaf versinken, als würde sie endlich lieben was ihr geschehen war, als würde sie lieber den Tod annehmen als noch weiteres Leid zu erfahren erstarb der Wille in ihren Augen und die Lieder begannen zu zittern, begannen sich langsam zu schließen und genau da, gerade als sie zusammensackte, genau als das Haupt auf den Boden schlug, den letzten Atem hauchend traf der letzte und kraftvollste Tritt des Mannes wie ausgemacht noch einmal den Kopf des Mädchens und kein Röcheln und kein Jammern war mehr zu vernehmen. Ruhe! „HURRA!", rief die Meute im Verein und als wäre gar nichts Großartiges geschehen, nichts weiter als die Ermordung eines Kindes aus den eigenen Reihen, wandte man sich ohne Umschweife wieder mir zu, war die ganze Angelegenheit doch noch lange nicht geklärt. „Seht Ihr jetzt wie sehr uns Eure
22
Räubergeschichte kümmert?", wollte die Frau hämisch grinsend wissen. „Wir haben anderes im Sinn" Sie erschien sichtlich stolz. Ich musste meinen Schrecken über die Grausamkeit dieser Leute erst einmal verwinden, verspürte jedoch auch eine gewisse Begeysterung auf Grund der fachgerechten Tötung des Mädchens im Sinne der für die Erstellung des Kinderziegenbockwurstrezeptes so wichtigen Zusammenhanges zwischen Ulrichdrüse und Sterbegeschwindigkeit und machte mir des seltsamen Verhaltens dieser Leute, ihrer Gleichgültigkeit für das Schicksal des Mädchens durchaus Hoffnung, unerwartet bald bereits wieder meiner Wege gehen zu können. Jedoch ich musste mich erst einmal fassen und wusste zunächst gar nicht was ich sagen sollte" So geht es Euch in der Tat nur um die Hosen der Knaben", stellte ich schließlich zögerlich fest. Darum, dass ich sie vielleicht dazu gebracht haben könnte, sich in den Dreck zu knien?" Die meisten nickten mit ernsten Minen

und schienen auch keinerlei Verständnis für meine scheinbar dumme Frage zu haben. „Also!“, sagte schließlich ein ganz besonders Kräftiger von den Männern. „Was habt Ihr zu Eurer Entschuldigung vorzubringen?“ Ich wusste einen Augenblick nicht was ich da sagen sollte, als mein Blick auf den Schandknaben fiel, der mir mit einem Lächeln zuzwinkerte, eine Hand zur Kinnspitze führte und mit geschlossenen Daumen und Zeigefinger eine Bewegung machte als würde er an einem nicht vorhandenen Bart zupfen. Plötzlich war mir alles klar. Ich verspürte regelrecht in diesem Augenblick als wäre es Zauberei, als würde wie durch unsichtbare Hand alle Besorgnis und auch die große Verwirrung sogar die Befürchtungen für mein Leben einfach hinfort gewischt, wie der Duft der Freiheit mir in die Nase trat, verspürte, wie es mir weit ums Herz wurde und die Ferne mich rief. Ich sah sie im Geyste bereits vor mir sitzen, die Säcke von meinem Schlachtbetrieb den Oberschlachtmeister und die Altschlächter spürte bereits ihre anerkennenden Schulterklopfer und vernahm das Lob für die gute Schlachtarbeit, die ja eigentlich aufgrund der schrecklichen Tat des Vormundes und meiner fachgerechten Beobachtung erfolgt war wenn man so wollte, lauschte bereits den feierlichen Trinksprüchen, die zu meiner Ehre ausgerufen und hörte die Lacher, die ich bei der Erzählung dieser seltsamen Geschichte ernten würde. Wie wollte ich nur noch fort von diesem Ort, von diesen dummen Schweinen, den ganzen Unsinn vergessen und irgendwann einmal vielleicht sogar nach rechter Weile, weil das Wandern fröhlich stimmt meine Ausbildung fortsetzen, den Weihen der wichtigen Zausylehre, der mittleren unteren Fleischwirtschaftslehre in den fernen Ländern würdig sein und mich endlich wieder mit dem Schlachtberuf befassen . „Also dann“, wandte ich mich voller Freude und wiedererlangtem Tat233endrang regelrecht übermütig vor lauter Erleichterung bereit den großen Unsinn auszusprechen an die

mich umgebende Leuteschaar. „Gefällt es Euch besser, wenn ich Euch erzähle, dass es ebenfalls die Schuld des Räubers ist, dass die Knaben jetzt schmutzige Knie haben, dass der Räuber nachdem er das Mädchen gestochen und auf das schlimmste misshandelt hatte von den Knaben verlangte sich in den Dreck zu knien, wovon ich sie sogar abzuhalten versuchte, indem ich die Buben dadurch, dass ich sie mit Nüssen bewarf hochschrecken wollte um ihre Hosen zu bewahren. Ja da staunt Ihr, sagte ich mit gespielter Gewissheit und mahnend erhoben Zeigefinger . Um Ihre Hosen zu bewahren." Die Leute murmelten ein wenig, wechselten einige fragende Blicke untereinander und schließlich wandte sich die fette Frau an mich. „War es denn so?", fragte sie voller Verwunderung und Unglauben. Ich grinste. „Natürlich war das so.", sagte ich und bedeute dem Schandknaben mit einem Fingerzeig sich zu äußern. „Ihr könnt ja den Buben fragen."Die Frau Vormund des Knaben wandte sich an ihren Zögling. „Stimmt das denn mein Hiebekriegy? War das wirklich dieser Räuber?", wollte sie wissen. Der Knabe nickte artig. „Ja Frau Vormund, es ist allein der Räuber gewesen.", sagte er mit trefflich vorgetragener Ernsthaftigkeit. Plötzlich, zu unser aller Erschrecken viel heftiger als ein hereinbrechendes Unwetter jemals sein kann, wie auf ein 23
Zeichen hin als ob die höheren Luftbereiche sich gewaltsam auftaten, als ob sonst noch wer voll Macht ein hoher Geist der Wirklichkeit am Ende vielleicht sogar er selbst, der recht große Emmerechs aus ihnen herabsteigen würde, voll von Sinnen für das Lob des Wilden und der Herrlichkeit, voller Leidenschaft und Liebe für den einen Tanz, gesellte sich ein Wirken zu uns, ganz ergeben in den Willen uns Ehrfurcht beizubringen und auf seinem Wege, mit seinen weiten3456789 schweren Schritten, mit welchen es uns nahte immer mehr und mehr die gesamte umliegende Landschaft, alle Pflanzen, alles Sein, alles an das man nur denken konnte in einen Reigen versetzte, in die

vielfältigsten und prächtigsten Klänge der sogenannten Musik tauchte kam ein Lied auf uns hernieder, ein pulsierendes treibendes, beinahe hetzendes, die Töne auf das Vortrefflichste untermauerndes Hämmern, ein Donnern, geradezu wie oft die Pauke in Konzerten zu rechten Zeit verwendet einfach herrlich ist, so dass uns allen bald die Münder offen standen und die Augen übergingen. Es erhoben sich jeweils mit einem zu den Wendungen der Klänge stets passendem Trällern die Amseln und Nachtigalle, alle Rebhühner und auch die Käuze, die sich da in den Ästen der umliegenden Bäume versteckten mitsammt dem restlichen Getier des Waldes und auch den Bauersleuten in den weit entfernten Hütten, alle Schmiede und Bäcker, alle Steinmetze und Schuster, überhaupt jeder, der da irgendwo in weiter Ferne sein Dasein fristete als wie von fremden Geyst geweckt alles Volk in allen Landen, ihre Kehlen zu einem einzigen Gesang und gaben vereint aus voller Brust zum Besten,-schallte auf einmal hernieder „Ja Frau Vormund!"; erklang es aus Tausend Kehlen. Es ist allein der Räuber gewesen!"In diesem Augenblick, als diese wunderbaren Töne, diese unfassbaren, unvermuteten gewaltigen Klänge sich mit den Chören all den Kehlen der vielfältigen Gattungen um uns herum obwohl zueinander in unterschiedlichen Lagen der Harmonik angestammt, dennoch wohl gefallend, stimmig vereinten wie die Gewissheit, dass das Sinnen eines holden Wesens unter dessen Hand man gar gestellt in den regelrechtesten Stürmen eifrigster Zwietracht und schlechter Einflüsse edel bleibt tröstlich ist, wusste ich unerklärlicher Weise mit einem Mal, dass sie alle, die da versammelt herumstanden und nicht glauben konnten was geschah, die da standen und sich vor Augen1234567890blicken noch mit irgendwelchem Unsinn befasst hatten wie er haarsträubender nicht mehr sein konnte, dass jeder Vormund, auch die fette Frau, sogar die Kinder erfuhren was sie da vernahmen, Wahrheit war. Es war allein der Räuber. Punkt! Sie waren nun gewiß. Alles Hadern war umsonst. Wieder einmal hatte es sich zugetragen, dass meine Schwierigkeiten auf merkwürdige Art beseitigt wurden und ich mich nun erneut wunderen konnte, welche eigenartigen Erlebnisse man in der Wirklichkeit durchaus immer wieder hat. Ja, da standen wir nun, die Vormunde die Kinder und ich, die Häupter nach oben, nach den höheren Luftbereichen gerichtet mit großen Augen staunend was uns gerade widerfuhr und mehr noch als ich waren es diese Bauersleute, die jenes furchtbar harte ergreifende Ereignis scheinbar nicht ertragen konnten. Als wäre es zuviel für sie riefen sie einander ganz Aufgebracht irgendwelche Worte zu, einige Weiber schlugen auch die Hände über dem Kopf zusammen und unternahmen in dem stetig sich verstärkenden, pulsierenden Musikstück, diesem Kraftakt aus den höheren Luftbereichen den dümmlich anmutenden Versuch, sich vor der Gewalt, die da auf sie hernieder kam zu verstecken, in dem sie sich die Hände zum Schutze über sich haltend versuchten sich hinzuhocken oder sich hinzulegen, sich einzuringeln. Ich begriff nun, dass diese Leute mich wohl nicht mehr aufhalten, und es auch wohl gar nicht vermögen würden, selbst wenn sie es gewollt hätten, so sehr nahm sie diese Aufführung oder was auch immer dies für ein Ereignis sein sollte in Anspruch so sehr schien da gerade ihre gesamte Anschauung für die Wirklichkeit ins Wanken zu geraten. Ich war frei und konnte nun tun und lassen was mir gefiel. Als mir dies bewusst wurde, als ich begriff, dass dieser ganze Reigen, d0987654322ieses alberne Gezanke wegen der elenden

24

Hosen der Dorfbuben einfach nicht mehr wichtig war und es sich wahrhaftig so verhielt, dass ich mich jeder Zeit auf den Weg machen konnte und mich beinahe schon unendlich erleichtert angeschickt hätte all diesen dummen Leute den Rücken zuwenden wollte, geschah etwas, das ich selbst in diesem seltsamen Augenblick, wo alles schwang und tanzte, wo die ganze Wirklichkeit erzitterte und es so schien als würden schreckliche Mächte versuchen, uns mit Musik und Gesang das Fürchten zu lehren, für etwas Merkwürdiges hielt. Als wäre dieser ganze Reigen nicht längst schon genug, öffnete sich zu einer ganz besonderen Wendung der sogenannten Musik zu einem ganz wunderbaren Teil des Stückes, in welchen die tiefen Töne gemeinsam mit den Paukenschlägen wie nachhause kehrten, geradewegs auf vortreffliche Weise unterstrichen, was zuvor die Kunde war bei der Flöte schönstem Ton das Erdenreich. Ich meinte zunächst meinen Augen nicht trauen zu können, höchstens, dass vielleicht irgend ein Tier wie es sie in der Erde durchaus gab, gleichsam wie die vielen Vögeln und die Tiere des Waldes, wie jedes einzelne Wesen um uns herum, dem Feste beiwohnen und den Tanz wagen wollte. Jedoch nach einigen Augenblicken, in welchen ich wie erstarrt auf dieses Ereignis hinabschaute, erblickte ich das wirre Haar. Eine regelrechte güldldenblonde Frisur wie von einem Mann wühlte sich da tatsächlich ohne allzu große Mühe aus der Erde heraus, sogar mit kreisender Bewegung, wie es, beachtete man die Dichte des Erdengrundes an dieser Stelle sowie das Trägheitsgesetz was das Bewegen von Körpern gegen einen festen Widerstand betrifft, sogar mit unsäglichen Aufwand nicht zu bewerkstelligen hätte sein sollen. Dies war durchaus ein Augenblick, an welchen ich es noch einmal mit der Angst zu tun bekam, nun doch nicht weiterziehen zu können oder sogar noch Schlimmeres zu erwarten zu haben, handelte es sich ja um einen Herren, eine Persönlichkeit, also die wahrhaftige Bedrohung für Leib und Leben, meistens ja nur von solchen ausgehen in Zusammenwirken mit all jenen beweglichen Objekten in der Wirklichkeit, welche diese, im Hinblick auf die Körperkraft und mit einem gewissen Geschick gegen einen verwenden können. Einige Augenblicke lang wusste ich nicht recht was ich tun sollte, überlegte vielleicht gegen den Herren vorzugehen, ihn gar heftig in den Kopf zu treten, um ihn am gänzlichen Erscheinen zu behindern. Ich stand nach all meinen Strapazen ermüdet und durchaus von der Befürchtung durch ein Einschreiten irgendetwas Falsch zu machen unschlüssig geworden einfach da und überlegte. Es konnte doch einfach nicht sein, dass mir jetzt noch irgendetwas widerfahren würde. Als jedoch wenige Augenblicke später schließlich schon der Kopf dieser Gestalt zu sehen und der eine Arm bereits befreit war blieben all meine Überlegungen hinfällig. Gesellte sich da in der Tat ein Mann zu uns. Ein recht unansehnlicher muss ich sagen. Voller Erde und mit Regenwurm auf seiner Nase, die Haare voller Dreck. Ein Angesicht mit Zügen wie ich es doch sehr scheußlich fand. Er sah mich an während er sich weiter aus dem Grunde kämpfte. Mir schien, als spräche er sogar mit mir jedoch ich verstand bei all dem Lärm seine Worte nicht. Es war für mich gar nicht zu begreifen, wie dieses Wesen unter die Erde geraten war. Ob ihn jemand eingegraben hatte? Wie bekam er da unten Luft? Wie auch immer die Antwort auf meine Fragen lauten mochte, wie sehr ich auch immer ungläubig betrachtete, was da vor mir geschah, so ereignete es sich doch tatsächlich in 6876564546all dem Treiben, dem Kraftbeweis, der uns umgebenden Landschaft, dem Aufbäumen der Gewalten gegen die Dorfbewohner, während wahrhaftige Stürme diesen Teilbereich der Wirklichkeit verunstalteten, das da vor meinen Augen ein hässlicher Bursche, eine Schandgestalt aus der Erde hervor kam, wohl wie ich fand, um in das wilde Wirken einzustimmen und vielleicht den Kopf geneigt ein Tänzchen aufzuführen um gar des Hornes Klang den Ausdruck zu verleihen. Ich entschied mich nach einigen Überlegungen, nachdem ich wohl auf Grund der im Vergleich zu mir doch eher schmächtigen Erscheinung dieses Wesens, irgendwie den Eindruck gewann, dass mir schon nicht zustoßen würde, dieses Ereignis

25

einfach so geschehen zulassen und halt zu warten, was er von mir wollte, falls er nicht gänzlich Anderes im Schilde führte. Es dauerte auch gar nicht lange von dem Augenblick an als sich die Erde auftat allerhöchsten drei Strophen des Stückes lang, da hatte sich dieser seltsame Bursche bereits vollends befreit und auch sogar aufgerichtet, putzte seine Kleider ab welche von Kopf bis Fuß obwohl schmutzig und von Erde bedeckt gleichsam wie die Haare in güldenem Glanz er234567775ftzftrdt-rdstrahlte und mit den prachtvollsten Verzierungen versehen waren, die man sich nur ausmalen kann. Da entdeckte, ich als der Herr ein wenig aus dem Gleichgewicht geriert weil er sich auch am Rücken die Erde vom Leibe putzen wollte, dass hindurch jener feinen Jacke, wie mit dünner schmieriger Haut bespannt, wie von einer Fledermaus zwei große schwarze wahrhaftige Flügel gesteckt waren, die sich sogar ein wenig regten wenn er hastige Bewegungen machte. Was konnte das nur für einer sein? Bestimmt was es kein Vogeltier. Einen solchen Burschen hatte ich bisher noch nicht gesehen obwohl mir schon so manches wiederfahren war. Die furchtbaren Dorfbewohner jedenfalls schienen diese Gestalt gar nicht zu bemerken oder sie vermochten in all dem Trubel nicht ihn von ihren Höherenluftbereichereignis zu unterscheiden und waren vor ihm genau so ängstlich wie von dem ganzen Rest der Aufführung. Ich wollte den geflügelten Herrn gerne ansprechen als er sich fertig abgeputzt hatte und mich durchaus, so als wäre er meinetwegen aus dem Erdenreich gekrochen, für einen Augenblick sehr eindringlich ansah, wollte ihn allerhand Dinge fragen, ob er wohl ein Vogel sei, auch, wie ich eingestehen muss um meine Befürchtungen zu zerstreuen, dass er mir Übles wollte. Jedoch der Herr führte noch bevor ich überhaupt noch etwas sagen konnte den gestreckten Zeigefinger vor seinen Mund und deutete mir ruhig zu sein, schüttelte sich ein wenig und breitete seine Flügel aus, sodass ich erst einen Eindruck hatte, wie gewaltig sie waren, ragten sie doch weit geschwungen beinahe bis über die Dächer jener Häuser hinaus. „Ihr wollt doch nicht fortfliegen?“, fragte ich ihn hastig als es mir erschien das seine Flügel zuckten, reichte noch nach seiner Hand um ihn zurück zuhalten. Jedoch da stieg sie dann auch schon auf, die Gestalt, in hohem Bogen über unsere Köpfe, voller Anmut, als wie von den schönsten aller Sinne getragen ja, wahrhaftig als schwinge sie sich auf zur großen Tat, als würden sie gleich folgen, die ersten Hiebe mit dem Schwerte dieser etwas anderen Leidenschaft von der sie kam um uns zu künden. Ich staunte sehr. Gleichsam wie die Gestalt aufstieg so erhob sich auch mein Haupt war doch dieses Wesen in dem Schimmer von Goldener Ausstrahlung welches es umgab durchaus hässlich anzusehen und nur daher ein Grund für mich ein wenig ehrfürchtig mit klaffenden Mund dazustehen, da die Gesichtsbildung, des mit zerzaustem Haar bedeckten Kopfes einen Anschein an mich reichte wie er merkwürdiger nicht sein konnte und doch war beigik,jhlhgzd6f7gthzbinojmpk,l.allen Befremden die Körperhaltung jenes Wesens, wie es gar die eine Hand im Seidentuch gekleidet dem Herzbereiche nahe hielt, gar wie im liebevollen Angedenken einer hohen holden Macht, als treibe ein Versprechen sie, gar das eine Bein beim Knie angewinkelt edler Dinge netter Ausdruck gar am Ende doch als wäre die Verneigung mir gedacht ein Anblick der mich schließlich rührte. Es lag bei all3245er Entstellung etwas Schönes in dem Angesichte, als treibe sie bei aller Schande, die sie zu sein schien letztendlich doch die Schönheit, holder, edler güldener Sinn die Liebe meinetwegen. Es erstrahlte über unseren Köpfen ausgehend von der Gestalt in der Luft ein wunderbarer Schimmer, ein Leuchten von unsagbarer Pracht, als würde der Liebevollste aller Gedanken uns ein Lächeln schenken wie es unpassender in diesem Gewühl von schmutzigen Bauersleuten in diesem von aller Schönheit verlassenen Augenblickes eigentlich gar nicht hätte sein können. Als ich sie so über mir sah die Schandgestalt, wie sie da über unseren Köpfen schwebte und mir aus reiner BeGeysterung für den Betracht des Schändlichen noch einmal bewusst werden wollte, wie unansehnlich sie doch eigentlich war, wie vortrefflich gar die Züge ihres Wesens sich der

26

Augen Sinn für Wohlgestaltung und edle Formgebung widersetzten, schien es beinah so, als höbe sich mein Blick wie von selbst von dem Gesichte gar zu den Augen. Oh sanftes Wirken! Es war mehr als Zauberei. Es war als würde ein Teil von mir vergehen. Ganz entgegen zu allem, das ich gerne finden wollte, worüber ich auch immer lachen wollte ,wusste ich einzig von der holden edlen Herrlichkeit der Gestalt, dem güldenen Schimmer ihres eigentlichen Seins das Lob zu sagen. Es wurde mir, anstatt wie es oftmals meines Wesens Neigung ist vor allen, wenn ich guter Laune bin, mich an irgendwelchen Unsinn zu erfreuen einfach nur bewusst, gleichsam als würde ich mit einem Schlag geweckt, als kehrte ich zurück aus einem!§§&/()/&% Reich trüber Träume, dass dieser Schwachsinn enden sollte. Es fiel mir alles wieder ein! Ich wollte gar kein Schlächter sein! Wider die Furchtbarkeit! Mit Härte und sogar mit Hinterlist gegen das Reich der Fleischwirtschaft! So war eigentlich mein Sinnen. Es warf mich beinahe zu Boden als sich nun mein Gedächtnis schlagartig klärte und durch die Zauberei dieses seltsamen Vogelwesens unzählige Eindrücke von Erlebnissen die ich hatte, Erlebnisse die keineswegs nur angenehm und freudig waren, wie ich sie eigentlich seit meinem Antreten der Zausylehrreise stets erinnert hatte, bruchstückhaft jedoch dadurch noch längst keineswegs ohne Empfindungen zu Bewusstsein kamen Bilder von Pferden, Kühen, Eseln, Schweinen allem nur erdenklichem Getier, wie es brüllt und wütet, wie es verzweifelt war und voller Sorge um das blanke Leben sogar weinen konnte, Bilder von grausamen Männern in weisen Schürzen die den Tieren mit Stangen und Spießen langen Messern und Äxten, Sensen, Beilen was auch immer man an gefährlichen Werkzeugen nur ersinnen kann, beizukommen versuchten und sie in den unsäglichsten, aus Holz und Eisen gefertigten Vorrichtungen, vor allem mit riesenhaften, tödlichen Eisenspitzen bewehrten entsetzlich laut knatterten Walzen folterten und quälten, bis sie irgendwann, wegen der Verletzungen aus Erschöpfung oder weshalb auch immer bitterlich verendeten, traten mir in den Sinn. Mir wurde beinahe Übel ob des unerträglichen Gedankens. Ich hatte Empfindungen von verfallenem Fleisch und verbrannten Haaren mit einem Hauch von Weinbrand, Ausdünstungen von Innereien und verfaulten Tierköpfen, Rattenpfand sogar von riesigen Haufen schmutziger Wäsche in irgendwelchen schummrigen Ecken und weiters noch allerhand unsagbar Schreckliches, das gleichsam wie ein schaler Nachgeschmack den Eindrücken anhaftete. Als löse sich sonst noch welche Verklärung, schwere stumpfsinnige Trübung meines Geystes, als würden sie hinan gehoben, all diese schändliche Eindrücke und gehalten vor mein Augenlicht, viel mir alles wieder ein. Grässliche, unansehnliche in ihrem Suff sich furchtbarer als die niedrigsten aller Geschöpfe gebärenden Schlachtarbeiter, Knechte, Mägde, Abschaum jeglicher Art, die sich im Dreck wälzten, immer wieder und sich aneinander reibend von den armseligen Überresten, von allem nur erdenklichen Getier die Finger nicht lassen konnten, sich die blutigen Hautfetzen und Knochenstücke gegenseitig in die Mäuler stopfen oder sonst noch wo in einer Ecke liegend und vor lauter Übermut, elende ertrunkene Seele, weil sie ja gar so frö12541254215?=)(/&%$§W“hlich waren einfach nur Dreck fraßen. Was auch immer an unmöglicher Schande und schrecklichen Erinnerungen meine Wahrnehmung verklärt hatte, war nun mit einen Mal einer regelrecht Gnaden bringenden Einsicht gewichen, hinfort gewischt geradewegs wie von Zauberhand. Ich hätte mich beinahe übergeben, musste sogar würgen und mit mir ringen, reichlich Speichel spucken, ehe ich die Fassung wieder einigermaßen erlangen konnte und mich mit den Armen vorne übergebeugt, die wenigen Schritte im Kampfe bereits gegangen an den Lindenbaum lehnte um nicht doch noch hinzufallen. Während ich da so lehnte donnerte weiterhin die sogenannte Musik auf den Schauplatz nieder, krümmten sich die elenden Vormunde vor Ehrfurcht immer mehr und auch die Kinder konnte ich jammern und winseln hören, vermeinte sogar den Schandknaben, jenen einen, der in der Tat das Messer stach, zu vernehmen, wie er nach

27

seinem Vormund rief und nach der Stimme Klang zu urteilen ganz Angst und Bange war. Auch die Schandgestalt entging mir, obwohl es mich so beutelte ob der Eindringlichkeit jener Gefühle, die mich da überkamen, dennoch keineswegs, denn, ihr nun immer mehr an Stärke gewinnendes Strahlen hüllten mich regelrecht ein. Sie war sogar ein Stück weit geflogen um mir nahe zu sein wie ich den Eindruck hatte, denn sie stand nun in der Höhe und strahlte durch das Geäst des Lindenbaum auf mich hernieder, sah mich die ganze Zeit mit beinahe mahnenden Ausdruck in den Augen an, wie ich bereits einfach so die Gewissheit erlangte, ohne dass ich zu ihr aufblickte. Iirgendetwas geschah mit mir, irgendetwas Bedeutsames nahm seinen Lauf dadurch, dass es mir so schlecht erging. Wie hatte ich all dies auf meinem Weg hierher einfach so vergessen können? Ein alter einmal stets gehegter Groll ermächtigte sich endlich trotz allem Unbehagen wie ich schließlich sagen konnte wieder meiner Seele. Es war als hätte ich geträumt. Ein furchtbares Entsetzen befiel mich immer mehr wie mich gleichsam auch ein Gefühl beschlich, keine scharfe Erinnerung und auch sicher keine Gewissheit, aber ein Empfinden, als wie vom Verstande unbemerkt mit dem Herzen nur erfasst, dass dies alles seine Gründe hatte und mir nicht zum ersten Mal geschah. Es kam mir wahrhaftig so vor, als wäre ich die ganze Zeit, die ich über die vielen Hügel und Täler einher gestiegen war, um die Lehrstätte, an der meine Zausyausbildung sich zutragen sollte, gar nicht wusste was ich tat, als wäre ich es nicht selbst gewesen, der da die Beine schwang und gar fremdgestiegen worden mit einem Hauch von Ichgefühl, mit einem Scherz von Ichgefühl, auf welches ich nunmehr zornig wurde, da ich nicht einmal mit großer Mühe vermochte mich irgendeines Augenblickes meiner Reise zu erinnern, da mir dieser Schrecken bewusst war und ich nicht, von welchen Mächten auch immer vereinnahmt den netten fröhlichen Eindruck hatte einer durchaus ehrbaren und guten Sache nachzugehen. Zu meinem Ärger gesellte sich immer mehr die Erinnerung an unzählige Erlebnisse, die ich während der Zeit in meinem Betrieb hatte und auch an jene Zeit bevor ich überhaupt mit dem Schlachtwesen zu tun bekam bis hin zu jener Gelegenheit als ich ohne großartige Erinnerungen an meine Vergangenheit in meinem Nest erwachte und mich voller Verwunderung und Neugierde auf den Weg machte. Ich sah Bilder und hatte Eindrücke geradezu als quöllen Unmengen, Berge an Fleisch wie man sie gar nicht ersinnen konnte, wie eine Art von Teig, als wäre es eine fest zusammenhaltende§"!"§"$%&/()=)(/&% $"§Masse, getrieben von unzähligen Schlachtarbeitern in weißen Schürzen, die mit Stangen und allen nur erdenklichen Gerätschaften auf sie einstachen und sie anstießen, als wollten sie sie vorwärts treiben, betastet und geschändet von hässlichen vor Dreck strotzenden Mägden, die an ihr leckten und sich mit ihr rieben und beschmutzt von Knechten, die in ihrem Rausch Stangen in es steckten wie auch in davor rituell Erbrochenes, jedoch durch weite prunkvolle, hallende Säle, geradewegs zu auf ein unend-

lich riesig anmutendes Scheunentor, geradewegs zu auf einen von einigen trüben Laternen schummrig beleuchteten Hof. Es materialisierte sich das Fleisch träge, als passe es keineswegs in den Saal, als würde es feststecken, sich an allen möglichen Stellen an irgendeinem Einzelteil der Prunkbestückung verhaken, jedoch unablässig, geradezu bedrohlich dahin. Es brüllten die Ziegen. Es tobten die Rinder. Es verzweifelten die Säue. All dies hindurch meinen Geyst, als walzte sich die Grausamkeit selbst durch mich hinfort, als wäre jegliche nur denkbare Schande aller Dreck, der nur irgendwo herumlag in einem haarigen stinkenden Fleischklumpen verpackt, wie ein übelwollender Fremdkörper in meinem Leib, der nun ins Freie drängte. Dies war ein unerträglich schmerzhafter, beängstigender Vorgang wie gleichsam auch eine Erleichterung, geradezu eine Befreiung. Ich konnte nun nicht mehr anders. Ich fiel auf meine Knie würgte und spuckte gel?=)(/ &% $§“§$%&/()=?ben Schleim. Was war nur los mit mir? Wer war ich? Ich rang wahrhaftig mit mir nicht die Beherrschung zu verlieren rang darum ob der Eindrücke nicht wahnsinnig zu
28
werden. Während ich da auf meine Arme gestützt am Boden war, der Speichelsaft nur so auf die Erde triefte und ich weiterhin nach Kräften darum rang mich nicht zu übergeben nahm ich dennoch zur Kenntnis, ob nun dadurch, dass ich mich danach erkundigte oder, oh mein arme Seele, da es mir erneut einfach als Gewissheit ins Bewusstsein trat, dass die gesamte Vormundschaft mitsamt den Kindern nun bald verging aufgrund der Angst vor dem Ereignis dem großartigen Musikstück aus den höheren Luftbereichen welches ich durchaus noch als solches erkennen konnte wie ich die Wendungen, gar die Irrungen, welche die Töne da nahmen durchaus noch als würdig& und recht passend zu empfinden, vermochte und auch auf Grund der Schandgestalt das Sterbemädchen, oh leuchten-

de Schandgestalt in der Höhe voller Gewissheit im Lichte erstrahlender Vogel endgültig und für immer von uns gegangen war. Ich hatte Empfindungen wie sie unbeschreiblich bleiben. Ich fühlte mich...Es ist dem Ereignis einfach nicht würdig wie da die Worte rängen um den Ausdruck rechte Form, wie da Sinn allein schon gerichtet durch den Versuch es zu erwähnen endlos alles schuldig bleibt. Ich bin etwas ganz besonderes. Dies wurde mir bewusst und ich erschrak mich, spuckte einen elenden, dunklen, scheußlich anzusehenden, schleimigen Batzen voller Haare vor mich hin. War ich der Schlächter Sonstnochwer oder ganz entgegen diesem Sinn ein Wirken gar von Form und Wesen wie es schlachtet, keine Tiere hin vielmehr die Burschen in den weißen Schürzen und recht alle Schande, die es gibt Jedoch so sehr ich auch entsetzt war wusste ich bald schon, vielmehr dämmerte es mir irgendwie, wie das alles geschehen konnte. All dieser grausame Schlächterunsinn vornehmlich mein unerwarteter glorreicher Aufstieg in meinem Betrieb vom einfachen Arbeiter, der zu einer, aufgrund der seltsamen immer wieder auftretenden furchtbaren Wandlungen des Kraftgewinns, der mich stets ereilte, wenn ich einmal zornig war zumindest ein hervorstechenden und für die anderen Schlachtarbeiter, vor allem für den Oberschlachtmeister durchaus Ehrfurcht gebietenden Fachkraft, hatte mich wohl um den Verstand gebracht, aufgrund der für alle im Betrieb unübersehbaren einzigartigen Zuneigung des Oberschlachtmeisters5 seine regelrechte BeGeysterung für etwas derart Schreckliches, wie mich und der sich daraus ergebenden großartigen Aufstiegsmöglichkeiten, die ich durchaus zu nutzten verstand, all der Spaß, den ich hatte, während ich eigentlich mein wahres Ziel verfolgte, dessen Kenntnis mir nun wieder eines Faustschlages ähnlich ins Bewusstsein trat und wobei es sich keinesfalls wie ich es beinahe hingegeben hätte darum handelte, ein braves angepasstes Schlächterdasein zuführen hatten mich wohl ein wenig, um es gelinde zusagen, von der Spur abgebracht. All dies vor dem Hintergrunde meiner durch die Gunst des Oberschlachtmeisters nach langen einsamen Wandeln durch das weite Land endlich gelösten furchtbaren Ängsten völlig ahnungslos darüber wer ich war, woher ich kam, und was ich hier eigentlich sollte, diesen unangenehmen Schlachtwahnsinn zum Opfer zu fallen, hatte mir, oh seltsames Wesen, wohl die Sinne getrübt, ich hatte nach den ersten leidenschaftlichen, regelrechten Liebesbeweisen des Oberschlachtmeister, als ich ganz sicher war, dass mir dank seines Zuspruch keiner mehr Haar krümmen würde, wohl zu sehr meines Daseins gefreut, war in der Sauerei herumgesprungen, hatte meine Späße getrieben und wohl garnicht gemerkt, wie der Flahdwienull in meinem Inn8eren dadurch wandelt, ganz entgegen meines eigenen Wesens am Ende liebte was ich tat. Eine weitere Vermutung stellte ich noch an, als ich dastand, mit all den Leuten und „§$%&/(=)(/&%$§der Schandgestalt und weiter- hin die Donnerklänge aus den höheren Luftbereichen auf uns herniederschallten weiterhin die Bäume schwanken und das viele Vieh, das sich vermehrt zu uns gesellte, die Kehlen erhob zu einem wundersamen Gesang und ich eigentlich, obwohl ich schon so Vieles erlebt hatte, vor allem nun da ich die Wirklichkeit wieder mit gänzlich anderen Augen sah, kaum hinnehmen konnte, was das für ein seltsames Ereignis war. Ich erinnerte mich wieder an eine Begebenheit im Schlachtbetrieb kurz bev0r ich meine Wanderung antrat.

29

Hatte mir da nicht der Oberschlachtmeister mit einem ganz bestimmten Lächeln einen mit Gold und Edelsteinen verzierten Krug gereicht und von mir nachdrücklich verlangt, diesen mit einem Zuge zu leeren und war mir nicht, nachdem ich dies mit Widerwillen erledigt hatte und der Oberschlachtmeister mir zum Abschied noch auf die Schulter klopfte und mir den Weg zeigte, welchen ich einfach nur stets entlang zugehen hatte um irgendwann einmal die Lehrstätte der Zausyausbildung zu erreichen, als ich mich schließlich anschickte über einen Hof den Schlachtbetrieb verlies, ein wenig seltsam zumute gewesen, gar schwindlig, wie im Rauschzustande? Am Ende hatte man mir etwas in den Trunk hinein getan um mir den Willen zu nehmen, irgendetwas Anderes zu möchten als in der Fleischverarbeitung fleißig zu sein. Vielleicht sogar, weil ich manchmal solche Kräfte hatte und die schwersten Vuiech!§“$%&/=)(/&%$er stemmen konnte und mich in den Walzensälen aufführte wie kein anderer und mich in etwas noch Tüchtigerem die Produktion noch mehr steigerndes zu verwandeln, als ich ohnehin bereits war. Ein wahres Ungetier! Ein Ungetier der Fleischwirtschaft! Elender Oberschlachtmeister, dieser Halunke! Wie regte sich die blanke Wut in mir bei dem Gedanken, an diesen hinterhältigen miesen Sauhund. Dabei waren alle meine Erinnerung ja von Freundschaft und Kameradschaft und Zuneigung geprägt gewesen, geradezu als wäre ein herrlicher Schlachtspaß, den wir beide da stets gehabt hatten, in Mitten von all dem Schlachtgetöse, in all dem Wirbel, all diese dummen Leuten34 auf d345ie wir gemeinsam niemals ohne ein gewisses Augenzwinkern, im stillen Einverständnis zwischen uns beiden, wie die furchtbarsten Burschen, an die man nur denken konnte herabgeblickt hatten. Als ich mich der unzähligen gequälten Tiere entsann, die da an diesem schrecklichen Ort von dem ich gekommen war ein schreckliches Dasein fristeten, gefoltert und gequält wurden, geschändet und missbraucht und wo ihr ganz persönlicher Schlachtvorgang erst einmal eingeleitet in den grausamsten Vorrichtgen gefangen oder mit langen Spießen in messerscharfen Walzenvorrichtungen gedrückt voller Verzweiflung mit wei§“$%&/()=)(/ &% $terdrehend Augen wenn sie glücklich waren nichts weiter zu erwarten hatten als einen furchtbaren und schmerzhaften Tod. All dieses nur im Sinne der Geschmacksverfeinerung. Ja, wie taten mir die Tiere leid, die armen Viecher. All die Kühe und die Pferdetiere, was auch immer da über die Rampen zu den Walzenräumen getrieben wurde. Wie liebte ich in Wahrheit doch die Unschuldsvollen, gar die lieben Reinen, welche da die fernen Hügel zu erklimmen einzig suchen nur sich umzusehen und in Gesellschaft ihrer Artgenossen friedlich gar das Wiesengras zu äsen. Wie hasste ich die Art und Weise, mit welcher man mit diesen Geschöpfen verfuhr, wie man sich nicht begnügte, sie einfach nur dahinzuschlachten, sondern geradezu das Augenmerk gerichtet auf das Leid der Tiere, einzig danach trachte, recht die Qualen zu vermehren und sogar den Sterbevorgang, deswegen vor allem in Sinne der bereits erwähnten Geschmacksverfeinerung noch hinauszuzögern. Wie hasste ich doch all diese Umstände meines Lebens vor allem mein Dasein im Kaiserreich der Fleischer87985zeugnisse, meinen Beruf als Schlächter ja, wie hatte ich all die Grausamkeit und all das Schreckliche längst schon satt, wie hätte ich mich bereits am Beginn meines Irrens nach einem merkwürdigen Erwachen im Wald gerne holderen ehrbareren Dingen zugewandt und mich mit der Schönheit viel lieber befasst als stets nur mit dem Verderben. Daher, damit es schließlich einmal so sei und Frieden war in jenem Teilbereich der Wirklichkeit, in welchen ich auch künftig hin meine Beine steigen sollte, entschied ich mich endgültig, dass es keinesfalls in Frage kam weiter brav zu sein oder auch nur irgendetwas für diesen Kaiser, diesen großen Fleischverarbeiter zu erledigen, sondern dass es im Gegenteil weiterhin dem Anschein nach jedoch durchaus 06als eifrige Schlachtkraft geltend nur mehr darum gehen sollte, dass ich voller Fleiß und Hinterlist im Geheimen, mit allen Kräften mich bemühte all diesem grausamen 37000+433<>77Treiben ein Ende zusetzen. Da fiel es mir wieder ein und all mein

30

Unbehagen, meine Übelkeit und auch meine Ängste waren so gut wie dahin. Ja, genau dieses war mein eigentliches Sinnen immer schon gewesen, heimlich voller Fleiß und Hinterlist gegen diesen Unsinn vorzugehen, jedoch stets als eifrige Schlachtkraft geltend, die harte Arbeit zu verrichten. Ich entsann mich plötzlich, wie ausgemacht völlig passend zu einer erneut, ganz beso9078965nderen einzigartigen Wendung des großen Musikstückes um uns herum an alle nur erdenklichen @Begebenheiten aus meiner Zeit im Schlachtbetrieb und das ich keineswegs nur freudig und im Einverständnis mit dem Schlachtgedanken fleißig meine Arbeit tat, sondern die ganze Zeit über bis ich die Lehrreise antrat bereits verdeckt daran gearbeitet hatte, dieses ganze Kaiserreich zu unterwandern. Warum nur hatte mir der Oberschlachtmeister diesen Trunk gegeben? Warum nur sollten sie mich beeinflussen wollen, wenn ich ohnehin so tüchtig war? Ob sie meine eigentlichen Absichten erkannten hatten? War ich den einmal nicht verwandelt frech oder zu träge hatte ich vielleicht einmal durch meine Gesichtsbildung oder die Körpersprache verraten wie ungern ich gerade schänden wollte oder mich sonst noch verraten? Ich entsann mich auf einmal wieder so mancher Gelegenheit, unzähliger Male, eigentlich der gesamten Zeit über seit meinem Arbeitsantritt an welchen ich aufmüpfig und widerborstig war, sogar herummaulte und den restlichen Arbeitern über die Schönheit des frei fliegenden Königsadlers oder sonst noch was, was auch immer ich gerade an Unsinn lustig fand, Vorträge hielt, weil ich mir ja auf Grund meiner Verwandlungsgabe und der schweinernen, und ich meine das keinesfalls abgewandelt, metaphorisch sondern tatsächlich eine schweinartige, dem Kopf des Schweines und seinen Wesenszügen entsprechende Zuneigung des Oberschlachtmeisters, seine gutturale grunzende Liebe zu mir als welcher ich sie nun völlig passend und ganz entgegen des bisherigen Empfindens erinnerte. Selbstverständlich kannten sie meine eigentliche Gesinnung. Mir wurde auf einmal ganz anders zumute ob dieser Einsicht. Dieser Wahnsinn mit dem ich mich schon seit so langer Zeit herumschlagen musste, diese viele Schande und vor allem diese vielen dummen Leute mit welchen ich stets un!“$%&$%&/$§“!d auch hier wieder zu tun hatte eigentlich seit ich denken kann den steten Unfrieden, den ich erlebte und das reichliche Ausbleiben von schönen Dingen, Augenblicken der Ruhe und Entspannung Frieden in meinem Herzen drohten mich nun, da mir so vieles wieder gewahr wurde mit seiner Übermacht beinahe zu erdrücken. Jedoch es war durchaus keinen Augenblick lang so, dass ich deshalb nichts lieber tun wollte als mich einfach davon zu 7machen, mir irgendwo ein Häuschen zu bauen vielleicht in einem Wald wo man mich schwer finden konnte und mich einfach niederlegen in ein Bett, mich für immer auszuruhen. Nein, ich war keineswegs versucht gewesen, hätte mich keinesfalls beinahe schon angeschickt alles liegen und stehen gelassen. Ich wollte auf diesen Danreckigehosenvormundssterbemädchendreck einfach nichts mehr geben und mir nun, da ich endlich wieder eine Vorstellung hatte von der Wirklichkeit, viel lieber gegen all diesen schrecklichen Unsinn, der mein ganzes Leben war, vorgehen und weiterhin nach Kräften eine Unterwanderung dieser furchtbaren Zustände betreiben, mit dem schon vor langen gefassten einzigen Ziel, den Sturz des Kaiser in den Mist. Ich hatte Wichtigeres zu tun als mich hier endlos z45475768576435645435u versäumen wegen nichts. All die seltsamen Ereignisse die eingetreten waren seitdem mir der elende Knabe das Messer weggenommen und das Mädchen gestochen hatte, dieser ganze Unsinn mit den dreckigen Hosen was auch immer das für ein Dreck war, der da meine feinen Sinne beleidigte hatten, keine Bedeutung mehr für mich auch kein Kinderziegenbockwurstrezept war mir mehr wichtig. Sollte der Oberschlachtmeister doch sehen wo er blieb! Ich

würde einfach die dreisten Lügen sagen, von gar schauerlichen Dingen daherreden, sodass er seine Rezeptur auch bekommen sollte. Mochte er doch ersticken an seinem Leibgericht! Angesichts dieser Erinnerungen, regelrecht gequält von den Eindrücken, drängte es mich
31
doch wieder weiter zu marschieren und keineswegs darauf zu achten, was sich mir da auch immer in den Weg stellen wollte. Ich kämpfte mich9 entschlossen auf die Beine wischte mir die Spucke aus dem Gesicht, zupfte an meiner Kleidung herum und war dabei arg besorgt, dass die Verzierungen auf meiner Jacke durch mein Missgeschick zu Boden gegangen zu sein auch keinen Schaden genommen hatte, verdrehte mit Kraft den Kopf um irgendwie über meine Schultern Blicken zu können, !“§§“)“§/)(=?$§§$$§!“%&%$ %sodass es bald sogar zuviel wurde und im Halse knackte, gab jedoch nicht auf und versuchte es trotz einem gewissen Schmerzempfinden weiter bis ich Einsicht hatte und schließlich sehen konnte, dass auch alles an der rechten Stelle saß und fand schließlich nach kurzer Überlegung keinen Grund mehr zu verweilen, rief nun doch der Auftrag sehr. Noch einmal blickte ich zu dem seltsamen Schauspiel hinüber das da geboten wurde, wie diese schrecklichen Leute obwohl Teil der Aufführung, durch sie im Besonderen, wie ich annahm durch die donnernden unvorstellbaren lauten Klänge aus den höheren Luftbereichen, der sogenannten Musik, die weiterhin gnadenlos auf sie herniederfuhr, regelrecht v7ernichtet wurden und sich allesamt auch die Kinder dadurch das sie sich auf den Boden liegend krümmten und wild regelrecht verzweifelt hin und her wälzten, wie ich wiederum einfach so ohne denkbaren Grund aus wie durch Zauberei gewiss, versuchten ihrem vermeintlich wohl grausamen Schicksal zu entgehen. Noch einmal lies ich das Schauspiel auf mich wirken, das hier herum geboten wurde, wie die Musik

spielte und alles tanzte und schwang, die Bäume sich im Takte wogen, wie die Tiere alle einig sangen, von dem schönen Lied die Worte formten, dass es allein der Räuber war, sah sie mir noch einmal alle an die Vormunde, die Knaben und auch das Sterbemädchen, die Frau Vormund, die Nüsse unter dem Lindenbaum und auch die Schandgestalt, o glorreiches Wesen in der Höhe...und ging einfach fort. Ich wandte mich ab von dem Getümmel diese Ansammlung von Leuten und als hätte es all die Schwierigkeiten, die ja gar nichts waren im Ver-7888888888888888888888777777gleich zu jenen Dingen, die mich im Herzen quälten nicht einmal ein schlechter Scherz, nie gegeben war kein Sterbemädchen mehr jemals wieder wichtig, kein Vormund nicht und auch keine Lügen die ich irgendjemand sagen wollte, allein die Freiheit hatte mich wieder. Geradezu erfüllt von neuem !"§$§"$%$§§" !§&)()(/&FT Tatendrang und in Erinnerung daran, wie ich immer wieder meine Kräfte für die ehrbare Sache eingesetzt hatte voller Begierde irgendjemanden die selben Grausamkeiten anzutun wie es die Leute die Tiere spüren ließen, setze ich schließlich meine Wege fort, streckte ich meine Beine aus nach all den fernen Hügeln und weiten Feldern, nach was auch immer mir begegnen sollte, um hinfort zu schreiten und endlich jene Arbeitsstätte zu erreichen, jenen furchtbaren Ort, an wel- chen meine schändliche Zausyausbildung sich zutragen sollte und an welcher ich mir, einmal angekommen nun erneut gelobte mit Hinterlist und bösen Willen gegen alle widrigen Umstände vorzugehen, sodass es mir regelrecht Unbehagen bereitete daran zu denken, wie lange es noch dauern könnte und welche Vielzahl an unerträglichen Erlebnissen, wie eben dieses mit dem Sterbekind mich auf meinem Weg noch aufhalten könnten. Jedoch eines war Gewiss, dem ganzen Unsinn musste ein Ende sein. Ich würde mich hingeben aller Schande, aller sinnlosen Grausamkeit, schlicht allem was mir nicht behagte, ein

Stiefeltritt zu sein, ein Todesstoß, der alles richtet. So ging ich hin, streckte die Beine aus in jenem Sinne des Schweigens von der Wirklichkeit als ewig jener Kunde,- Fliegen sterben irgendwann, Schweine gehen zu Grunde

2345666666666666666666666666666666667666666666666
666666799999999999 99999999999999999999999
9999997777777777777777777777777777723456§§“$
%%%%$$&%&&%U(/)(?)(/%$“1234567987654444444444444
444443$§$ %&/35657899==)/&%§$2345868995r Ein Lächeln
wird der Sieger sein.
32
PFEFFER Steak a ` la Franz
bild palme
(Filet)
1. Fleisch jeder auf Seite 3 min anbraten
2. in Alufolie bei rasten lassen
#
33 45325615764388888888888888888888888888888888888
888888888888888888888 8888888888888888888888888
88888888888888888888888888888888888888 8888888
8888888888888888888888888888888888888888888888
8888888888888 888888888888888888888888888888888
88888888888888888888888888888888 8765756763423456
7909775t6546543324143!§“$%&()=)(/&$ $§§225465667790
8765342“!“$§$%%/&&“““““““$“$§%/ (&)/)=((()))))))))))))))))))
)))))))))))))))))))))//
// ///////////////////////////
(&$%!“§$%&/)(=/&%$§“$%&/(/&%$§$%&/()=)(/&% $“
§123444444444444444443223111019192837465748374 65
423456789ß0912345678909 876544321!§“§$%$%&/&/)()
(=?/&%$§“$§“$%%$§$%&/()?=)()=)=)(/&%$% $§§§§§§§§§
§§§§§§“!!“§$“§$$$$$$$$$$$$$$
%%%%% %%% %%%%%%&&&&&&&&&&&&&&&&%
$§$§“§$%&/&%$%&/&%$§“§$%&/()=?=?=? =?
=?=?????????????????????=============?=?=?=?=?=?)=(/
(/&/&%&/&%$§$% $“§“§$“§$%&/////&/)“§$%&)/&%$§$%$
%$§““§“§“§§§“§$§“§! §§§§§§§§§§§§§§§§§§§§§§§§§§§§§““§

8§§§§§§§§§§§§§§§§§§§§§§§§§§§§§§§§§§§§ §$%%%%%%
%%%%%%%%%%%%%%%%%%%%%%%%%%%§$%%&()=?
`?=) (/&%
$§“!!“§$%&/)(=? `?=()/&%$§“!“§$%&?=)(/&% $§§§!!!!!!!!!!!!!
!!!!!!!!!!!!!!!!!!!!!!!!!!!!!!!!!§““$
$$$$$$$$$$$$$$ $$$$

$$$!§“!!“§$%&/)%$§“!§$%&/)(=$§“$%&)(/&% $!!!!!!!!!!!!!!!!!
!!!§“!“§$%&/)/&%§$%&
/)/&%$§“$
%&/&%&%
$&/()=??=)(/&% $“§123432234322343111111111111111
11111111111111111111111111234567890ßß098787 656
543554322222345654345678900ß0987654321123456789
0ß098765443212345678909876 54321234567899ß0987654
32112345678987654543232098976555555555555555555
5555 55555555555555555555555557555555555555555555
555555555555555555543432455654 32222111!§“!“§$%&/)
(=?=()/&%$“§$%&/&%$§$%$$§!“§§§§§§§§§§§§§§§§§“$
%&/ ()=?=) (/&%$§“!“§$%&/)(=?=()/&%$§“!“§$%&/()=?)
(/&T%R$!§“§$%%&/)(=()/&%$§“$%&/ ()=?

=======================================
=============) (/&&&&&&&&&&&&&&%$$$$$$$$
$$$$§§§§§§§§§§§§§§§§§§§§§§§§§%%%%%% %%%%%
%%%%%%%%%%%%%%%%%%%%%%&/)!“§$%&/)
(=)/&%$§“!“§ §“!§$$ %?=)(/&%$§“§$%&/)(?=()/&%$“§$%&/
()=?)(/&%$§§§§§§§§§§§§§§§WQ§“!“!“$%&/ ()=)=(/&
% $ § “ ! “ § $ % & /) (= ( ) / & % $ § “ ! “ “ § $ % & / (/
(/&%&/&%$%§§§1§“$% $§§§§§§§§§§§§§§§§§§§§§§§$§$$
11111111111111111112323323344453242 q22242445653333
33331730333333333333331
34 ‘